KB038502

그냥 내버려 둬

그냥 내버려 둬

전민식 장편소설

파람북

차 례 • • • • •

II 또 다른 오류들

풍문이 사실이라면

고도에 서서 아래를 내려다보면 도시는 궤도의 밭이었다. 전후좌우는 물론 위와 아래에도 눈에 보이는 것이라곤 거대한 궤도뿐이다. 궤도는 도시의 건물이며 산이며 길이고 빛이며 밤이었다. 궤도는 검고, 레일에 잠긴 톱니바퀴들엔 회색빛이 감돌았다. 그 회색들 속에서 레일 곳곳에 촘촘히 박혀 있는 검은 안장과 체인과 페달이 반짝거렸다. 이 도시엔 몇 개의 궤도가 존재하고 몇 개의 페달이 돌아가고 있을까. 쉑쉑! 궤도가 바람을 일으키며 돌아가는 소리가 멀리서 들려온다. 잠깐씩 궤도 정비를 위해 멈추지만, 이 소리만은 멈춘 적이 없다. 궤도마다 오버홀의 순서와 정비 시간이 달랐다. 그러니까 궤도는 멈추면 안 되는 존재다. 멈춰본 적도 없고 멈추게 만들어야겠다는 생각도 해 본 적이 없다. 적어도 '아리'를 만나기 전까지는. 아니 어쩌면 그보다 훨씬 오래전부터 도시의 모든 궤도가 멈추는 상상을 하기도 했던 것 같다. 정적이 흐르고 점점 아우성이 들이고 비명과 울음소리가 들릴지도 모른다. 신호등은 꺼지고 변기는 막힐 것이며 수도꼭지에서는 더 이상 물이 나오지 않을 것이다. 화장터엔 화장하지 못한 시체가 쌓여가고 집집마다 앞마당엔 쓰레기가 쌓일 것이다. 궤도가 멈추면 그보다 더 두렵고 무서운 일이 생길지도 모른다. 그러니까 이 도시의 궤도는 생명과도 같다. 까만 하늘을 올려다본다.

1년 365일 먹구름이 하늘을 덮고 있어서 맑은 하늘을 본 적이 없다. 풍문에는 구름 위에 태양이 있다는데 그걸 보았다는 사람이 지금 도시에 남아있는지 모르겠다. 지금도 먹구름은 차가운 비를 뿌린다. 계절도 있었고 태양의 흐름으로 시간을 가늠했다는데 계절도 사라졌고 시간도 사라졌다. 아이들은 가로등 불빛 아래에서 놀았고 어른들은 늘 우산과 손전등을 들고 출퇴근을 했다. 비를 맞으면 머리가 빠진다는 풍문이 돈 다음부터 특별하게 실수를 하지 않는 한 어른들은 우산을 챙겨 들고 다녔다. 그나마 다행이라면 비가 온다는 사실이었다. 무엇이 녹아있는지 모를 비지만 비는 생수가 되었고 허드렛물로 쓰였으며 아주 가끔은 샤워를 할 수 있는 영광을 만들어주는 요긴한 물질이었다. 물을 함부로 버리지 않으며 허드렛물로 쓴 물은 다시 정화해서 변기의 오물을 내리는 데 사용했다. 그 오물들을 희석하고 거른 후 정수한 다음 다시 내 책상 위 컵에 담겼다. 그래도 다행이다. 물이라도 있으니.

100세가 넘은 노인들은 예전엔 산골짜기에서 맑은 물이 흘렀고 그 물을 마실 수 있다고 말하곤 했다. 먹구름 같은 건 어쩌다 한번 구경하는 구름이었으며 온종일 햇빛이 도시를 말렸다고도 말했다. 지금은 어린아이들도 그런 풍문을 믿지 않는다. 인간에게는 어쩌면 어둡고 습하며 적당히 더럽고 탁한 세상이 적당한지도 모른다.

나는 도시에 절대적으로 필요한 전기를 생산한다. 그게 나의 일이며 나의 자부심이고 나의 역사였다. 그래 봐야 페달이나 밟는 존재였지만 나는 이 도시를 굴러가게 만드는 중요한 부품이었다. 그렇게 교육받아왔고 그것만이 가장 신성한 노동이라고 생각해왔다. 나는 나 이상의 어떤 무엇이었을 수도 있다는 걸 늦게 깨달았다. 나는 조각도 아니고 부품도 아니었으며 그냥 나였다는 걸.

I
오류들

궤도에서 궤도로

첫 번째 사이렌이 울렸다. 발바닥에 고여 있던 긴장이 빠져나갔다는 걸 느끼지 못할 정도로 빠르고 산발적으로 흩어졌다. 가슴에 맺혀있던 땀이 또르르 흘러내렸다. 뭔가 변한 듯한데 명확하게 정의 내릴 수가 없었다. 바람에 실린 쇳내와 모빌유의 달콤한 냄새도 여전했고 톱니들의 신음 또한 그대로였다. 검은 하늘을 향해 뻗은 마스터 방의 흔들림이라곤 없었다. 어긋난 데라곤 없는데 발바닥에 고여 있던 긴장이 사라지는 느낌이 달랐다.

그 미세한 차이를 인식하기도 전에 두 번째 사이렌이 울렸다. 1200단위 구역의 작업이 마무리되었음을 알리는 소리였다. 내 발바닥에 남아있는 긴장은 이미 사라지고 없었다. 그렇다고 틀에 전달된 힘이 한순간에 사라지지는 않았다. 페달러의 발에서 전달된 잔여의 힘이 거대한 틀을 몇 바퀴 정도 더 끌고 갔다. 톱니와 톱니 사이에서 일어난 호흡이 허벅지를 쓰다듬으며 비스듬한 능선을 따라 위로 솟아 올라갔다. 후텁지근한 바람이지만 가슴에 맺힌 땀을 씻어줄 만큼은 되었다. 이마와 목덜미를 적신 땀을 닦고 의자에서 내려섰다.

몸이 식자 한 달쯤 전 집을 나설 때 우비를 두고 나와 출근하는 길 내내 비를 맞았던 일이 떠올랐다. 어젠 술집 출입문 곁에 세워놓은 쓰레기통을 뒤지던 고양이의 눈이 기억났고, 며칠 전에는 신발의 끈이 풀려 발에 밟혔던 장면이 떠올랐다. 그런데 오늘은 출근할 때 출근 카드를 가져오지 않아 관리자를 불러 확인 절차를 거치던 순간이 떠올랐다. 전에는 떠오르지 않았던 기억들이, 소소하고 무심히 넘겨도 무관했을 법한 일들이 요즘 들어 산발적으로 떠올랐다. 기억들은 거리를 걷다가, 똥을 누다가, 페달을 밟다가, 잠을 자기 위해 눈을 감았다가 느닷없이 찾아왔다. 페달을 밟을 때 기습적으로 찾아드는 무릎 통증처럼. 그러다 말겠지. 기억 같은 거 아무렴 어떤가, 톱니가 잘 돌고 있는데.

출근할 무렵 1200단위 공장 위로 먹구름이 겹쳐지며 모여들었는데 작업을 끝내고 올려다본 하늘은 칠흑빛의 구름으로 가득했다. 무겁게 돌아가던 톱니들도 서로를 물고 멈춘 채 검게 빛나고 있었다.

'톱니, 출근 카드, 유리천장, 먹구름, 콩, 페달, 1200……'

익숙할 거라 여겼던 단어들을 중얼거렸다. 변한 데 없이 익숙한 느낌이었다. 달라진 건 없었다. 다만 발바닥에 모여있던 긴장들이 계산되지 않은 방식으로 흩어졌는데 그건 그저 우연한 일이었을까. 문득 전에도 이런 일이 있었던 것도 같다는 생각이 들었다. 사소하니 흔적도 없이 사라졌을 테고 요즘 산발적으로 어떤 일들이 불쑥 떠오르는 증상들도 하루나 이틀이 더 지나면 사라지고 말 일들일 거라 여겼다.

나는 궤도의 꼭대기에 자리 잡은 마스터의 방 쪽을 힐끔 쳐다보았다. 언제나 그랬지만 인기척이 느껴지지 않았다. 작업을 끝내고 계단에 내려서서 고개를 들어보면 구름다리를 밟고 마스터들의 휴게소로 걸어가는 소리만 들렸다. 구름다리도 원통으로 둘러싸여 있어서 그들의 모습을 볼 수 없었지만, 쇠로 이루어진 바닥을 밟고 지나가는 소리만은 선명하게 들렸다. 소리는 점점 멀어지다가 어느 순간 사라졌다. 마스터들을 두고 귀신이니 유령이니 하는 농담들은 적절했다. 궤도와 궤도 그리고 궤도의 꼭대기에서 공장의 상층부로 연결된 수백 개의 구름다리, 하루도 거르지 않고 보았던 구름다리들이었다. 저놈의 다리들은 아무리 보아도 익숙해지지 않았다. 볼 때마다 생경한 이유를 알 수가 없었다. 마스터 교육을 받기 꺼려지는 이유를 딱히 말할 수는 없지만 한 가지 이유를 대라면 공장의 천장을 가로지르는 구름다리들 위를 걷고 싶지 않은 때문인 듯했다. 어쩌면 톱니가 멈춰서는 시간이 다르기 때문인지도 몰랐다. 크기가 다르니 당연히 생산해내는 전기의 양이 다를 테지만, 그 이유로 인해 낯설게 느껴지는 건 나의 억지였다. 알지만 낯선 건 낯선 것이었다. 마스터가 되면 그 이유를 알 수도 있지 않을까. 그런데 마스터가 부러우면서도 되고 싶지도 않은 심정이었다. 머릿속이 부산스럽더니 뒷목 부근이 저릿했다.

"굳이 마스터가 되고 싶지 않고? 당연히 낯설겠지. 궤도의 리더가 되는 거니까. 다른 데 가서 그런 소리 하지 마. 미친놈 취급받을 테니까."

그래 봐야 페달을 밟는 것일 텐데, 나는 장대의 충언을 받은 이후 낮이건 밤이건 마스터에 관한 이야기는 가능한 입에 담지 않았다. 이야기하다 보면 결국 지금도 낯설다는 말로 마무리될 거 같았다. 사소한 일들은 때론 거대한 사건의 시초가 되었다. 몇 마디 증오가 여자를 떠나게 만들고 한두 차례의 불평이 궤도에서 페달러를 몰아내기도 하지 않던가. 입 다물고 낯섦에 적응하는 게 현명했다. 언젠가는 다시 익숙해질 테니까.

얼른 얼굴을 한 차례 문지른 후 안장을 정렬시켜 놓았다. 손잡이에서 미미하게 밀려 나온 고무 패킹도 손잡이 안쪽으로 단단하게 밀어 넣었다. 수건으로 안장을 꼼꼼히 닦고 왼쪽 페달이 위로 올라오게 고정시켰다. 손잡이 위에 달린 타이머도 반듯하게 각을 잡아 세운 후 작동 버튼을 눌러보았다. '0'부터 시작되는 시간은 의심 없이 흘러갔다. 정지 버튼을 누르고 초기화시킨 후 전원을 껐다. 안장의 주변은 아무 이상이 없었다. 그럼에도 발이 가벼워지는 것과 달리 어깨는 무거웠다. 단순한 피로일까.

이해할 수 없는 일들의 하루. 발 등 위에서 페달이 벗겨졌고 손잡이가 미끈거렸다. 발에 걸리는 힘이 약해진 듯했고 뱉어내는 숨도 좀 거칠었다. 자잘한 기억들이 느닷없이 떠오르기도 했다. 일어날 수도 있는 일이고 사소한 일들이라지만 문제는 전에는 이런 일들이 일어나지 않았다는 것이었다.

언제부턴가 궤도가 멈추면 망상에 빠지곤 했다. 하지만 도시의 끝 저편에서 빛을 느끼거나 볼 수 있다는 망상 따위가 나를 지배할 수는 없었다. 망상은 낯선 무엇. 어떤 날 느닷없이 다가

온 낯섦을 이해하지 않고 받아들이기만 하면 되지 않은가. 매일 매일 이해할 수 없는 일들로 가득 차 있다 하더라도 이해하지 않으면 되는 일. 그럼 어제는 오늘 같고 오늘은 내일 같은 날들이 흔들림 없이 이어지는 것이겠지.

'몸이 이상하다 싶으면 주변을 잘 점검해봐. 주변에 이상이 없으면 몸을, 몸도 정상이라면 하루를 잘 둘러봐. 분명 어딘가에 그 원인이 있을 테니까.'

술집에서 페달러끼리 수런거리던 말이었을까? 문득 그 문장이 떠올랐다. 약간 코맹맹이 소리로 지껄였던 소리. 숙소엔 이상이 있을 리 없었다. 숙소는 늘 말끔했으니까.

'콩 섭취량이 줄어들어서?'

그렇다고 발바닥 근육에 경련이 일거나 하진 않았다. 페달러에게 발바닥은 심장과도 같은데. 계단에 발을 디뎌보았다. 종아리근이 떨거나 쥐가 일어나는 기미도 느껴지지 않았다. 근육은 팽팽했고 단단했다. 변한 건 없었다. 변한 게 있다면 주변을 둘러싼 무엇들일 터인데 그것들을 알아차릴 수가 없었다.

"궤도에서 시작해 궤도로. 궤도에서 시작해 궤도로……."

주문처럼 몇 번 구호를 중얼거리자 산란해지던 마음이 가라앉았다. 마음에 어떤 열기나 흥분이 일지 않는 걸 보면 사실 아무엇도 변한 게 없다는 증거일 터였다.

나는 계단을 내려가기 시작했다. 오늘은 미묘한 변화가 일었다. 가슴이 뛰었다. 정확하게 말하면 정상적인 속도의 심박수를 넘어갔다. 발이 닿는 계단이 질퍽거리는 기분이 들어 걸음을 멈추고 위에서부터 아래를 꼼꼼하게 살펴보았다. 철로 만들어진 계단을 밟는데 물웅덩이에 발이 빠진 기분이 들었다.

찜찜한 기분을 떨쳐버리려 발을 옮기는데, '잊으시면 안 돼요, 잊지 마세요'라는 두 개의 문장이 벼락처럼 뇌리를 파고들었다. 회사 구호와 비슷한 리듬을 가진 문장. 여자의 목소리였다. 그 문장이 언제부턴가 느닷없이 귀를 파고들어 왔다. 처음에는 누군가 내 귀에 입을 바짝 들이대고 장난을 친다고 생각했다. 나는 천천히 사방을 둘러보았다. 계단을 살피며 광장으로 내려가는 페달러들만 보였다. 고개를 떨어트린 채, 계단을 살피며, 출입구를 향해 줄지어 가는 군상들. 더러 여자 페달러들도 눈에 띄었지만, 그녀들이 지른 소리는 아니었다. 공개된 목소리 같지도 않았다. '잊지 마세요'라는 말소리에 관심을 기울이는 페달러는 보이지 않았다. 내게만 들린 소리? 나는 서둘러 침을 삼켰다. 그러면 목소리가 아득하게 멀어져가는 기분이 들었다. 그러다 어느 순간 희미해지다 사라졌다. 언젠가 술집에서 들었던 문장이었을

지도 몰랐다. 무의식에 남아있다가 어느 순간 쏟아지는 거라 여겼다.

나는 잠깐 마스터의 방을 올려다보았다. 페달러들이 올라가 닿을 마지막 자리. 언제가 될지는 알 수 없지만, 곧 마스터의 자리에 오를 수 있다는 사실이 흥분을 유발했던 것일까. 그게 아니라면 마스터가 되고 싶지 않은 감정과 되고 싶은 바람이 충돌하며 일으킨 스트레스일지도 몰랐다. 그게 아니라면 딱히 이런 흥분이나 환청이 발생할만한 다른 이유는 없는 것 같았다. 나는 맥없이 웃고 말았다. 어느새 바닥까지 계단을 내려왔다. 광장의 끝에 서서 파랗게 반짝거리는 마스터의 방을 올려다보았다. 새삼 페달을 열심히 밟아대긴 했지만, 마스터가 되고 싶었던 적은 없었다는 데에 생각이 미쳤다.

내 곁을 지나가는 페달러들이 나를 힐끔거리며 지나갔다. 그들은 내게서 멀리 떨어져 걸었다. 오른쪽으로 걸으면 오른쪽에서 걷던 페달러들이 흩어졌고 왼쪽으로 치우치면 그쪽의 페달러들이 길을 내주었다. 그들은 미소를 짓거나 눈살을 찌푸리진 않았다. 그냥 나를 피했다. 곧 마스터가 될 페달러에 대한 경외심 같은 것이었을까. 나는 대륙에서 떨어져 나간 섬이 된 기분이었다. 씁쓸하고 기분 나쁜 느낌이었다. 그런 연유 때문에 마스터 되기를 꺼린 건 아니었다. 일반 페달러와는 전혀 다른 삶의 패턴을 유지해야 하는 게 싫었던 것 같았다. 게다가 그들은 일반 페달러와 섞이지 않았다. 마스터를 실제로 본 적도 없었다. 서로 피하는 게 아니라 가는 길이 달라 볼 수 없어 볼 수 없을 뿐인데 일주일쯤 전 시장 어귀에서 1212궤도의 마스터를 보았다는 환각에 시달렸다. 본 적이 없는데 보았다는 기억은 그러니까 망상인 셈이었다. 그러니 그의 얼굴이 기억나지 않는 건 당연했다. 거리에서 혹은 술집에서 마스터로 짐작이 되는 듯한 인간을 한두 차례 슬쩍 보았던 것도 같았다. 하지만 그들은 거리로 나오지도 술집을 드나들지도 않았다. 그런데 내 기억은 자꾸만 그를 보았다고 인식하고 있었다. 심지어 그의 파란 눈동자가 생각나기도 했다. 그가 언젠가 나를 쳐다보며 미소를 지었던 적도 있었고 그 미소가 기분 나빴다는 기억까지 남아있었다. 빌어먹을 마스터! 유령처럼 떠도는 마스터가 되느니 차라리 포기하는 게 낫겠다는 생각이 들곤 했다.

뒤에서 따라오던 페달러들이 나를 발견하고는 양옆으로 흩어진 후 재빠르게 앞으로 걸어 나갔다. 어제도 그랬을 것이고 그제, 한 달 전에도 그랬을 법한데 나는 그런 페달러들을 오늘에서야 처음 보는 기분이었다.

언젠가 시장 어귀에서 사람들 틈에 섞인 마스터를 보았다고 느꼈던 적이 있었다. 하지만 내가 본 것은 그의 얼굴이 아니라 신발과 발목 사이에 걸쳐있던 양말이었다. 시장에서 한 번도 구경해 본 적이 없는 상표였다. 웨일즈라는 이름이 박힌 양말. 그런 장면들이 떠오르는데 그런 장면들도 기억이라 부를 수 있는 것일까. 그냥 톱니처럼 그 자리에 존재하는 것. 그걸 굳이 기억하지 않는 것처럼 그의 발목을 감싼 양말을 기억할 필요가 없는 일이니. 그냥 존재하는 것이니까. 나는 그저 페달러들과 어울려 시장을 배회하고 브랜디 마시고 노래 부르며 사는 삶이면 족했다. 심박수가 정상을 유지하는 듯했다. 진창에 발을 담근 듯한 불쾌함도 사라졌고 여자의 목소리 따윈 더 이상 들리지 않았다.

"오늘 무슨 일 있어?"

장대가 눈을 가늘게 뜨고 내 얼굴을 내려다보며 살폈다. 말 몇 마디면 상대의 의중은 충분히 알 수 있다는 그의 자만이 싫었다. 인간은 인간을 영원히 이해할 수 없는 존재였다. 몇 년쯤 같은 궤도에 앉아 페달을 밟았다고 해서 그 인간의 전부를 아는 것처럼 구는 건 질색이었다. 어느 누구도 인간을 단 1퍼센트도 이해하지 못할 터였다. 내가 장대를 1퍼센트도 이해하지 못하는 것처럼.

나는 출퇴근 체크기에 카드를 집어넣었다가 뺀 후 지갑에 챙겨 넣었다. 장대는 카드를 바지 주머니에 쑤셔 넣었다. 그가 가슴 팩 속에 집어넣는 내 지갑을 눈여겨 살폈다.

"지갑 좋아 보이네. 마스터 구역에서 사 온 거지? 폼 나는데."

나는 대꾸하지 않고 앞으로 걸어 나갔다. 궤도에서 내려온 페달러들이 광장을 채우기 시작했다. 푸른 제복이 하나둘 모이더니 큰 물결을 이루고 있었다. 나와 장대가 선 공간만 헐거웠다.

"탁수, 오늘도 브랜디 한잔 어때?"

장대는 오늘도 똑같은 제안을 했다. 아니 그랬던 것 같았다. 나는 앞서 걷던 그의 뒤통수를 빤히 쳐다보았다. 그의 말 속엔 어제나 그보다 이전의 과거에도 같이 브랜디를 마신 일이 있었다는 의미가 담겨 있었다.

"나랑 언제 브랜디를 먹었는데?"

장대가 걸음을 멈추고 서서 나를 빤히 내려다보았다. 그는 두 손을 주머니에 찔러 넣은 후 오른쪽 다리를 앞으로 내밀었다.

"어제보단 낫네. 브랜디 같은 소리 한다고 핀잔주던 게 바로

어제지 아마. 매사 그렇게 뻐딱하게 말하니까 페달러들이 좋아
하질 않지."

나는 그에게 페달러들에 관한 질문을 하려다 입을 다물었다.
내 기억엔 없는데 그는 페달러들이 나를 싫어하며 그와 자주 어
울리기도 했다는 식의 발언을 했다. 분명 어제의 그와 어울린 기
억이 없는데, 왜 그런지 자신할 수가 없었다. 궤도에서 내려와
휴게실에 들렀다, 샤워를 한 후 옷을 갈아입고 가슴 팩을 앞으
로 둘러매고 톱니 사이의 통로를 걸어갔다, 집에 들어가 '엔지니
어의 각오'를 읽다가 콩을 잔뜩 넣은 라면을 끓여 먹었다, 텔레
비전으로 유머 프로그램을 한 시간 남짓 보았고, 다시 책을 읽고
잠이 들었다. 그게 어제의 기억이라 믿는데 사실인지 자신할 수
가 없었다.

"또 기억이 가물가물하지? 나도 자주 그러니까. 한잔하면 다
시 다 기억날 거야. 우리한테 궤도와 브랜디 빼면 뭐가 남겠어."

장대가 입맛을 다셨다. 나의 혀 밑에도 침이 고였다. 자주는
아니겠지만 몇 차례 브랜디를 마시러 다닌 경험이 있는 게 분명
했다. 노동하는 이들에게 브랜디는 훌륭한 술이었다. 모르지 않
았고 모를 리 없었다. 그렇다면 장대와 어울려 몇 차례 브랜디를
마시러 다닌 일이 있었던 것도 같았다. 그게 언제부터였는지 알

순 없지만.

"궤도에서 시작해서 궤도로……."

그가 중얼거리며 앞서 걸었다. 잡다한 기억 따위 떨쳐버리라고 편잔을 주는 듯했다. 인간의 기억이라는 건 제멋대로라고 말하는 것도 같았다. 그는 자신이 기억하고 싶은 일들만 제멋대로 기억으로 잡은 후 편집해서 기억하는 게 인간의 속성이라고 떠벌렸다. 그럴싸했다. 그 말을 그와 어제 브랜디를 마시면 들었던 것 같았다. 네온 불을 밝힌 술집들, 페달러들, 시끌벅적한 가게들. 인간이 모든 걸 기억할 수도 없는 일일 것이다. 굳이 기억할 필요가 없는 기억은 남겨둘 이유가 없지 않은가. 그렇다면 기억에 남아있지 않겠지. 그런 거겠지. 굳이 기억할 필요 없는 많은 것들. 어쩌면 난 궤도에서 내려서면 지긋지긋하게도 매번 똑같은 질문을 나 자신에게 퍼부어댔던 것인지도 몰랐다.

휴게소에 다다를수록 길은 각 궤도에서 내려온 페달러들로 북적거렸다. 그래도 그들은 나를 발견하면 후닥닥 내게서 멀어졌다. 오히려 내가 그런 그들을 힐끔거리며 훔쳐봤다. 그들의 반응이 괜한 게 아닐 텐데 나는 여전히 이유를 알 수가 없었다.

하루치의 노동을 끝낸 자들의 여유와 흥분이 그들의 머리 위에서 술렁거렸다. 오늘도 무사하게 하루를 보냈다는 안도와 술을 마실 수도 있다는 설렘이 춤을 추었다. 장대가 먼저 휴게실 내의 샤워장으로 뛰어들어갔고 나도 옷을 차곡차곡 정리해 놓은 후 샤워 꼭지 아래 섰다. 찬물이 정수리로 쏟아지자 어깨에 앉은 피로를 끌고 브랜디를 마시러 갔던 일이 떠올랐다. 어제의 기억인지 확신할 수 없지만 적어도 브랜디를 즐겨 마셨던 것 같았다.

"마스터 교육이 있다면서?"

"몰라. 공문으로 내려온 것도 아니고."

"다들 그렇게 알고 있는데 뭘. 아마 마스터가 된다면 페달러 중에 네가 최초일 거야."

"아무나 마스터를 하나. 그리고 난 마스터 싫어한다고. 매일 골방에 갇혀서 뭘 하겠어."

"그래도 마스터가 되면 페달 같은 건 밟지 않잖아."

"마스터가 되느니 차라리 페달을 밟지."

진심이었다. 나는 머리에 샴푸를 잔뜩 묻혔다. 샴푸조차 궤도의 힘이 부족하면 만들 수 없는 공산품이었다. 여름엔 차가운 물로 겨울엔 따뜻한 물로 샤워를 할 수 있다면 나는 마스터 따위에 욕심이 없었다. 페달러면 충분했다. 마스터를 동경하면서 마스터 되기가 싫은 내 마음을 나 자신도 도무지 알 수가 없었다.

장대는 사방으로 물을 튀기며 요란하게 샤워를 했다. 그의 그런 버릇도 기억났다. 하나둘 기억이 시간을 순서를 벗어나지 않고 제자리를 찾아가는 듯싶어 마음이 차분해졌다. 극심한 노동 때문이기도 하겠지만 괜한 노파심 같은 감상들도 문제였다. 이소플라본의 영향일 터였다. 그래서 콩 섭취량을 줄였던 것인데. 원래대로 먹어야 할지 줄여야 할지 갈피를 잡을 수가 없었다. 사소한 건망증 따위라면 크게 개의치 않아도 될 일이지만.

먹구름뿐인 하늘을 올려다보았다. 단 하루도 먹구름이 없었던 날이 있었던가. 옷을 갈아입고 장대와 함께 거리로 나왔다. 거리는 노동을 끝낸 페달러들로 활기가 넘쳤다. 숙소로 곧장 돌아가는 페달러들은 보이지 않았다. 여기저기 기웃거리다 마음을 끄는 술집으로 들어가는 게 우리의 보통 일상이었다. 그렇게 살아왔다는 걸 지금 분명하게 인식했다.

장대와 들어간 술집은 여덟 개의 테이블과 거리를 내다볼 수 있는 큰 창을 가진 가게였다. 의자는 편했다. 브랜디 두 잔과 말린 사과가 안주로 나왔다. 더 이상 부러울 게 없는 일상이었다.

'궤도에서 시작해 궤도로.'

마음은 더 차분하게 가라앉았다. 브랜디는 훌륭했다.

내 것이 아닌 기억들

　술집 앞 가로등 앞에 사람들이 모여 술렁거렸다. 누군가는 비명을 질렀고 어디론가 뛰어가는 사람들도 보였다. 장대가 사람들을 헤치고 앞으로 나갔다. 나는 그의 뒤를 졸졸 따라붙었다. 사람들이 모인 중심에 한 여성이 쓰러져 있었다. 눈이 뒤집혔고 몸을 떨었다. 구경꾼의 인식을 넘어 나는 갑자기 심장의 박동수가 올라가기 시작했다. 손이 뜨거워졌고 머릿속에서 숫자와 기호들이 멋대로 떠올라 서로 충돌했다. 사람들은 혀를 차며 구경만 할 뿐 별다른 조치를 취하지 못했다. 누가 등을 떠밀었던 것일까? 나는 어느새 여성의 왼쪽 어깨 쪽에 앉으며 그녀의 목에 손을 가져다 대보았다. 술렁거리던 사람들의 흥분이 잦아들었다. 장대는 눈을 동그랗게 뜬 채 나를 쳐다보았다. 그가 놀라는 건 당연했다. 나 자신도 놀랐으니.

　여성의 코끝에 귀를 들이밀고 숨이 나오는지를 확인해 보았다. 숨이 없었다. 나는 무릎걸음으로 여자에게 바짝 다가가 앉았다. 두 손을 모으고 심장이 있는 위치를 압박하기 시작했다. 열 번, 스무 번. 목에 손을 대보고 코에서 숨이 나오는지를 다시 확인해 보았다. 여성은 미동도 하지 않았다. 나는 다시 그 행위를 반복했다.

　'갈비뼈가 부러질 수도 있을 텐데.'

　이 와중에도 머릿속에 그런 문장이 떠올랐다. 나 자신조차 이해가 되지 않는 상황 속에 앉아 있으면서도 그 문장을 속으로 중얼거렸다. 더 기이한 것은 누구보다도 능숙하게 일을 치러내고 있다는 점이었다. 기도를 확보해야 하는데. 한 차례 더 반복. 여성의 상체가 들리는가 싶더니 눈동자가 돌아왔다. 목에 머물렀던 피도 다시 흘러갔고 여자가 몇 차례 기침을 토해냈다. 사람들이 일제히 탄성을 내질렀다. 장대는 놀랐는지 선뜻 내 앞으로 다가오지 못했다. 곧이어 구급차가 달려왔다. 여성은 내게 잠깐 눈길을 주었다가 거두어들였다. 여자의 눈엔 고마움보다는 두려움이 깃들어 있었다. 사람들은 오랫동안 내게 시선을 주었다. 장대는 좀 전에 섰던 그 자리에 서서 침만 연신 삼켜댔다.

"탁수 너 뭐야?"

손을 털며 일어나자 내 주변에 가까이 모여들었던 사람들이 삽시간에 흩어졌다. 장대만 가까이 서서 나를 살폈다.

"페달러 하기 전에 구급요원도 했었어?"

"나도 몰라."

내 기억이 맞는다면 나는 구급대원을 경험한 일이 없었다. 심지어 병역의 의무를 끝내고 무조건 받아야 하는 예비군 훈련조차 소집 시간에 늦는 게 다반사였다. 강의 시간에는 졸았고 외부 훈련할 때는 가능한 몸을 최소한으로 놀렸다. 그런 내가 응급조치를 해내다니. 나로서도 내가 이해되지 않았다. 아무리 궁리해 봐도 이런 경험들이 예전에는 없었던 것 같았다. 그러니까 최근 일인 셈이었다.

여성이 구급차에 실려 가자 그나마 거리에 남아 배회하던 사람들마저 하나둘 제 갈 길로 가버렸고 미동도 없이 남은 사람은 장대와 나 둘뿐이었다. 그의 시선이 내게서 떨어지지 않았다.

"뭘 그렇게 봐."

"쇼킹한데……. 나 몰래 구급대 같은 곳에 들어가려고 공부 같은 거 해?"

"이 도시에서 누가 페달러를 버리고 구급대 들어간대?"

장대는 더 이상 입을 열지 않았다. 그가 계속해서 질문한다고 해도 나는 해줄 말이 없었다. 숨 못 쉬는 여자를 보았고 단순하게 구해야 한다는 무의식이 발동했을 뿐이었다. 문제는 그 무의식이 어디에서 생겨난 것이었느냐였다. 하나의 문제가 더 남는데 여자를 구한 행동이 너무 자연스러웠다는 점이었다. 언젠가 배웠겠지. 그러니 자연스럽게 행동했을 터였다. 장대가 술집 안으로 들어가다 멈추었다. 쓰러졌던 여자 때문이었는지 술맛이 나질 않았다. 나는 손을 들며 등을 보였다. 그도 붙잡지 않았다.

술렁거리는 거리의 상가를 빠져나오자 궤도의 그림자도 보이지 않았다. 자작나무 가로수 길로 접어들면 상가의 소음도 멀어져 갔다. 골목마다 술래잡기와 구슬치기를 하는 아이들과 페달러들을 기다리는 여자들로 가득했다. 개중엔 1212궤도에서 근무하는 페달러의 부인들도 보였다. 그들은 살짝 목례를 하지만 의례적이었다. 반가워하는 기색이라곤 없었다. 나 역시 그들을 보는 일이 달갑지 않았다. 인간들이라는 게 밀접해지기 시작하면 시간을 허비하게 만드는 종족이었다. 마스터들이 일반 페달러들과 섞이지 않는 이유도 시간을 허비하지 않기 위한 것이라는 생각을 해본 일이 있었다. 그렇다고 마스터가 되고 싶은 열망 때문에 술을 마다한 건 아니었다. 나는 다만 빈틈없고 정확한 노동이 즐거웠고 근육에 쌓인 피로가 기분 좋을 뿐이었다. 명확하고 분명한 세계. 톱니와 톱니가 맞물려야만 돌아갈 수 있는 궤도와 같은 세계가 편안했다. 술은 아무래도 균열을 조장하는 요소였다. 생활도 궤도와 같아야 하루가 긴장되지 않았다. 저녁 10시에 잠들고 아침 6시에 일어나는 생활. 온종일 궤도와 페달만 생각하는 생활이면 행복하지 않은가.

도로의 자동차 행렬도 뜸해지기 시작했다. 언제부터 이 길을 걸었던 것인지 알 수 없지만, 숙소까지 이어진 자작나무 길을 걷는 일은 내가 하루 중 가장 즐기는 시간이었다. 자작나무 숲길 너머의 언덕에 마스터들의 집단 군락지가 있었다. 사람들이 그렇게 불러 그런 줄 알 뿐, 마스터들의 군락지에 간 본 적은 없었다. 페달러들의 일관된 희망이 마스터가 되는 일이라지만 난 오늘도 마스터가 되기를 희망하면서 페달을 밟지 않았다. 그저 그곳에 페달이 있고, 근육을 파열시키는 노동이 즐거웠으며 노동이 끝난 후 어깨에 쌓인 피로가 즐거웠다. 그저 빈틈없이 궤도가 잘 굴러가기만을 바랄 뿐이었다.

집 앞에 이르자 1212궤도의 상부 측 페달러들의 가족들이 눈에 띄었다. 장대의 부인도 보였다. 그녀는 내게 눈길을 보내며 슬쩍 미소를 지어 보였다. 다른 사람도 아니고 바로 내 뒤에서 페달을 밟는 인간의 부인이니 모른 척할 수는 없었다. 미소를 지어 답하고 집 안으로 재빠르게 들어갔다.

현관 키를 오른편 선반 위에 올려놓고 곧장 샤워실로 향했다. 속옷과 작업복은 벗어 세탁기에 쑤셔 넣고 작동을 시켰다. 물기 한 점 없는 바닥에 맨발로 서 있으면 몸이 피로로 충만해지는 기분이 들었다. 물이 적당히 따뜻해질 때까지 온수를 틀어 온도를 맞추고 샤워 꼭지 아래 발을 밀어 넣어 보았다. 차갑지도 않고 뜨겁지도 않은 온도의 물이 흘러나왔다. 머리카락 구석구석부터 발가락 사이까지 꼼꼼하게 바디 워시를 바른 후 물로 씻어냈다. 이빨을 닦고 면도를 하고 수건으로 몸을 닦은 후 수건도 세탁기에 집어넣었다. 얇은 면의 반팔 셔츠와 반바지를 입고 나와 거울 앞에 섰다. 궤도에서 초벌 샤워를 하고 집에 와서야 제대로 된 샤워를 했다. 여럿이 우르르 몰려들어 떠들어대는 샤워는 먼지만 씻어낼 뿐 정성을 다할 순 없었다.

'궤도에서 시작해 궤도로.'

언제 읊어대도 리듬감 좋은 주문이었다.

'잊으시면 안 돼요. 잊지 마세요.'

오늘 작업이 끝날 때 들었던, 같은 리듬이지만 다른 말이 또 들렸다. 나는 놀라 거울 속의 나를 정면으로 쳐다보았다. 어쩌면 오늘 처음 들렸던 소리가 아니라 오래전부터 내 귀를 채워왔던 소리인지도 모른다는 생각이 든 때문이었다.

'잊으시면 안 돼요. 잊지 마세요.'

그 환청 같은 목소리에는 침착한 듯 한숨이 섞여 있었다. 적당히 미움이나 증오가 느껴지기도 했다. 내가 잊어버린 게 있던가? 나는 침착해지려고 눈을 먼 곳으로 보냈다.

때론 위대함도 멈춰서지

한동안 힘은 근육에서 생성된다고 믿었다. 페달에 힘을 줄 때마다 종아리 근육과 대퇴부의 근육들이 딱딱해지고 경직되어서 힘은 근육에서 나온다고 생각했다. 성년이 된 후 10년의 세월이 흐른 후에야 나는 깨달았다. 몸 전체의 힘은 손가락 끝이 만들어낸다는 걸. 손가락 끝에 힘이 풀리면 다리는 물론 어깨와 허리의 힘까지 모두 풀려버렸다. 손가락에 힘이 모이면 전신에 힘이 가득 찼다. 페달을 밟았다가 아래로 떨어지는 발에도 힘은 찼다. 손가락 끝에 힘을 주면 매번 입과 코끝에서 콩 비린내가 났다. 단숨에 머리를 몽롱하게 만드는 두통약보다 더 강렬한 콩의 비릿함. 페달을 밟기 전후 의무적으로 먹어야 하지만 이젠 보기만 해도 구역질이 나왔다. 버릴 수 없기에 더 고통스러웠다.

'콩이 가장 위대하다.'

급식소 출입구 머리 위에 달라붙어 있는 안내판은 세상의 음식 중에 콩이 가장 위대하다고 말했다. 페달러들은 하루도 거르지 않고 콩을 먹었다. 궤도에 오르기 전과 궤도에서 내려온 후. 콩은 손가락 끝에 힘을 모으기 위해 먹어야 하는 음식이었다. 단 하루도 바뀌지 않고 사기그릇 종지에 가득 담겨 배급되는 누렇고 희멀건 콩. 콩에는 근육을 생성하는 'L-아르기닌'이라는 물질이 들어 있어서 근육량을 보존해야 하는 페달러들은 반드시 먹어야만 했다. 근거가 있는 이야기인지 알 수 없지만 다들 그렇게 말하고 다녔다.

'정신을 강화시키는 데에도 콩만 한 게 없다.'

눈을 돌리면 여기저기에서 쉽게 발견할 수 있는 표어였다. 하지만 콩은 채소이며 많은 질병을 순화시킨다지만 정신을 강화한다는 데에는 동의할 수 없었다. 공공연하게 정신적으로 문제가 있는 사람들을 두고 콩의 섭취량이 적어서 그렇다는 말들도 돌았다. 믿지 않았지만, 입 밖으로 그런 생각을 꺼낸 일은 없었다. 가뜩이나 엉뚱한 기억들이 머릿속을 지배하고 있어서 분란을 일으킬 말 따윈 속으로 삭이는 것이 좋겠다는 판단이 들었다.

'잊으시면 안 돼요, 잊지 마세요.'

이젠 작업을 시작하는 페달을 밟을 때도 문장은 떠올랐다. 여기저기 정보를 종합해 보면 이런 증상도 콩의 부족에서 빚어졌다. 질서가 무너져 내려도 콩의 부족이 빚은 현상이며, 범죄의 증가 역시 콩 부족이 낳은 세태라고 말했다. 화가들은 줄창 콩만 그려댔고, 시에서 콩을 빼면 시도 아니라는 비난이 쏟아졌다. 그리고 누구도 콩을 거부하지 않았다. 거부할 수 없었을 것이다. 이 도시에 거의 유일한 단백질원이니까. 콩을 거부한다는 건 곧 도태를 의미했다. 콩을 소재로 등장시키는 욕들도 많았다. 콩만 한 게, 콩깍지 벗기는 소리 하고 있네, 콩까지 마, 콩 까고 자빠졌네, 콩이나 먹어라, 콩돌이들……. 콩은 지긋지긋해도 버릴 수는 없었다.

아무래도 좋았다. 콩만 먹고 살든 물만 먹고 살든 페달러로 살아갈 수 있다는 건, 이 도시에서 적어도 인간 대접은 받으며 살아갈 수 있다는 말과 같으니까. 페달러는 도시의 핵심이자 근원 같은 존재이기도 했다. 반면 페달러 자신에겐 행복한 일이지만 고통이기도 한 직업.

도시에 사이렌이 울리고 페달 밟기를 멈추는 순간이 오면 순차적으로 힘이 풀렸다. 손가락, 손, 팔뚝, 목, 어깨, 가슴, 허리와 엉덩이, 허벅지와 다리 그리고 발의 순서로 힘은 분해되어 다시 모이지 않았다. 산발적으로 흩어져버리는 긴장과는 달랐다. 순간마다 몸에 고여 있던 힘들이 어디로 사라졌는지 궁금하곤 했다. 나머지 힘은 어디로 갔을까?

"마스터가 싫다?"

어젠 마스터로 진급되는 걸 보류해달라고 청했다. 지금 나는 마스터 교육을 받을 자질이 없다고도 덧붙였다. 머릿속을 아무리 뒤져보아도 내겐 사명감 같은 건 찾을 수 없었다. 하루의 노동과 그에 합당하다 생각하는 보수를 받으면 그만이라고 말하기도 했다.

"제가 마스터가 되면 지금 마스터는 어떻게 되는 거죠?"

그가 염려되어서가 아니라 미래의 내가 염려되어서 물었다.

"알면서 왜 물어. 다른 도시로 이동하게 되는 거잖아."

숙소도 바뀌고 전등 소등 시간도 길어진다는 말을 들었기에 내심 기대하지 않았던 것은 아니나, 다른 도시로 떠나야 한다는 사실에 딱히 이유를 알 수 없지만 막연하게 거부감이 들었다.

"마스터가 된다는 건 명예 중의 명예야. 관리자로 가기 위한 첫걸음이고. 게다가 페달러 중에 마스터가 되는 게 자네가 이 도시에서 최초야."

"전 아직 준비가 덜 되어 있는 듯합니다."

"마스터가 되기 위해 그 긴 세월 페달을 밟아온 거잖아."

"페달을 밟아왔지만, 마스터가 되기 위해서는 아니었습니다. 그리고 어차피 페달을 밟는 일 아닙니까."

"마스터에 대해 오해를 하고 있군. 마스터는 그냥 페달러들을 관리 감독하는 거야."

"그 꽉 막힌 방안에 앉아서 페달러들을 관리 감독한다고요? 얼굴도 안 보이는데?"

"언젠가 보게 될 테니 굳이 알려준다면 마스터의 작업실엔 궤도의 페달러 수에 맞는 CCTV가 있어."

"그게…….."

"둔하지 않다고 들었는데. 그러니까 CCTV를 통해 페달러의 작업만 관리하고 보고하면 된다는 거지. 페달을 밟을 일이 없어. 방에도 페달이 없고."

"그러니까 페달러가 페달을 밟지 않는다? 그리고 다른 페달러들만 감시한다? 그게 마스터라고요?"

나는 정나미가 떨어졌지만 내색하지는 않았다.

"그게 마스터야. 누군가 관리하지 않으면 궤도는 금방 서버렸을 거야. 좀 아프고 게을러진 페달러들이 있는지 살펴보는 거지. 궤도는 멈추면 안 되는 이 도시의 생명이니까 말이야."

모든 궤도에 감시카메라가 있는지 도시 전체가 그러한지 궁금했지만 참기로 했다.

"얼마 전에 정신과에 다녀왔더군. 기록을 보니……. 망상들 때문에 고달프다고 되어 있던데."

"그냥 좀 불면증 때문에……."

나는 점점 더 강렬하게 떠오르는 기억들에 대해 말하진 않았다. 그래도 가늘어진 그의 눈은 풀어질 기미가 보이지 않았다.

"때가 되면 순조롭게 할 수 있지 않을까요?"

관리자는 피식 웃고 말았다. 동료 페달러들에겐 발견한 적이 없었던 미소였다. 페달러들은 지니지 못한 푸른 미소. 가소롭다는 뜻이어도 개의치 않았다. 그보다 내 안에서 발생하는 문제들의 해결책을 찾아내는 게 급하기 때문이었다. 몇 가지 돌발적으로 발생하는 기억들도 문제였지만 발바닥에서 흩어지는 긴장과 파동 그리고 막연한 두려움이 가슴 언저리에 맺히고 있었다. 걱정할 일은 아니지만 작고 사소한 일들이 때론 전체를 망가트리게 된다고 배웠다. 원인을 알아내지 못하면 나의 평온함이 깨질지도 몰랐다. 콩 먹는 양을 두 배로 늘린다면 사라질 증상들일까.

　위로 45도쯤 뻗은 틀이 바람을 일으키며 힘차게 돌아갔다. 라인 안의 누구도 게으름을 피우지 않았다. 허벅지와 종아리의 근육들이 파열되어도 느끼지 못하며 귀를 파고든 소리들은 머릿속을 채운 잡념들을 깨끗하게 해치워버렸다. 몸은 땀과 열 그리고 마지막엔 지극한 희열로 채워졌다. 궁극에는 미움과 증오는 물론 행복감에서 페달의 삶에 대한 의문까지 일시에 상쇄시켜버리는 기쁨에 중독되어버렸다. 그것 하나만으로도 이 세상은 살만하지 않은가라는 게 나의 생각이었다. 매번 지독한 반복에 신물이 나다가도 50분을 넘기고 궤도를 돌리고 마지막 순간에 도달하면 모든 게 무의미해졌다. 콩도 수당도 높이에 대한 두려움도 산발적으로 떠오르는 기억은 물론 페달러의 명예도.

　페달을 밟고 또 밟았다. 기름 먹은 거대한 톱니와 톱니가 맞물리며 돌아가는 루틴에 도시의 자잘한 일상도 길이 들었다. 사내들의 거친 호흡이 작게는 자전거 바퀴 크기의 궤도에서 크게는 힐리스 휠 정도 크기의 톱니와 톱니 사이를 파고들었다. 종아리의 장딴지 근육과 허벅지 근육 전체가 딱딱해지더니 금방이라도 터질 듯 부풀어 올랐다. 희열은 항상 통증과 동반되어 찾아왔다. 통증이 없다면 희열은 의미가 없었다. 통증을 뚫고 말초 혈관들 사이사이로 지극한 쾌감이 파고들기 시작했다.

'잊으시면 안 돼요, 잊지 마세요.'

아킬레스 근이 움찔했다. 거친 호흡을 뚫고 다시 문장이 떠올랐다. 몸 전체가 톱니가 되어 돌고 있던 중에 문장이 떠오른 건 처음이었다. 일정한 속도와 힘으로 페달을 밟아야 빈틈이 생기지 않았다. 상층의 미세한 변화는 곧바로 맨 아래층까지 전달되었다. 하부의 페달러들은 변화를 깨닫진 못하겠지만 허벅지에 전달되는 무게의 강도가 무거워지는 걸 느낄 터였다. 나는 힐끔 눈앞에서 떨고 있는 타이머를 쳐다보았다. 180초가 남았다. 결코, 짧지 않은 시간이었다.

50분 일하고 주어지는 10분의 휴식, 하루에 두 번. 먼저 두 번의 경우와 달리 마지막 시간의 노동 끝에 맞이하는 47분은 가슴에 와 닿는 강도가 달랐다. 그리고 하루 중의 마지막 노동의 시간은 지나버린 47분보다 더 길었다. 그러면서도 끝을 보고 싶지 않은 모순된 감정에 빠져 지금의 일이 차라리 고통스럽기를 바랐다.

숨이 턱 끝에 고이며 고개가 떨어졌다. 힘이 부족했다. 저절로 엉덩이가 들렸다. 뒤를 돌아보지 않아도 페달러들 역시 땀에 젖은 채 고개를 떨어트리고 엉덩이를 들었을 것이다. 궤도 안 50명의 페달러들이 그렇게 페달을 밟았다. 남은 180초를 달렸다. 땀이 비가 되어 톱니와 톱니 사이로 스며들었다. 느닷없이 떠오른 문장은 소금을 머금은 땀에 녹아버리고 말았다. 발과 연결된 톱니가 좁은 공간에 고인 바람을 가르며 소리를 질렀다. 종아리에 채찍질을 하고 허벅지를 조이는 소리. 평생을 들어온 소리였을 텐데 처음 들어본 소리처럼 낯설었다. 페달을 밟다 보면 까맣거나 하얀 벽을 만나는 게 보통인데 지금 그 벽들이 여지없이 깨져버렸다. 생각하지 못했던 단어나 문장들이 또 불쑥불쑥 떠올랐다.

'궤도에서 시작해 궤도로. 잊으시면 안 돼요. 잊지 마세요, 점검조 여자, 모빌유, 먹구름 속 번개, 장대와 브랜디, 쓰러진 여자⋯⋯.'

단어나 문장들은 내가 밟아온 페달보다도 익숙하게 몸을 감쌌다. 빌어먹을 문장들. 전에도 그렇게 단어나 문장들이 떠올랐던 것일까. 전이라면 언제부터라는 말인가. 언제부터 페달을 밟아왔지? 발바닥을 조이던 긴장이 슬그머니 풀어졌다. 익숙할 듯하면서도 익숙하지 않은 것, 낯설면서도 낯설지 않은 것. 그게 이 직업의 매력이라고 들은 일이 있었다. 장대가 했던 말이었던 것 같았다. 하지만 나는 그런 생각조차 해본 일이 없었다. 이 직업의 가장 큰 매력이라면 지독한 반복. 그 이상을 생각해 본 일이 없었다. 나는 단순한 사실들만 인식하고 기억해왔다. 그게 페달러의 미덕이었다.

오늘은 어둠이 동쪽에서 왔다면 내일은 서쪽에서 밀려올 것이다. 다음날은 남쪽에서 그다음 날은 남서쪽에서 그리고 북서, 북서남, 북동남에서. 어둠은 몰려올 때마다 궤도를 하나씩 지웠다. 어둠에 잠긴 어딘가에서 여전히 톱니가 맞물려 굴러가는 소리가 들리고 페달러들의 숨소리가 들리지만, 그들은 보이지 않았다. 얼마나 많은 궤도들이 멀리 있는지, 혹은 어둠 저편에 숨겨져 있는지 알지 못했다. 내일은 어느 쪽이 먼저 어둠에 잠길까. 단 하루도 걷힌 날이 없는 먹구름 너머 파란 하늘의 세상이 있다는 건 믿지 않았다. 그건 전설일 뿐이었다. 매머드의 몸체를 가진 궤도들조차 저녁이 찾아오기 전부터 어둠에 잠겨 형체를 잃어버리곤 했다. 어둠은 도대체 어디에서 오는 건지 가늠할 수가 없었다. 먹구름이 어둠을 토해내는 것인지 어둠이 풀어져 먹구름이 되는 건지도 알 수 없었다.

예전의 시대에는 노인들이 해를 바라보며 해바라기를 했다는데 구라일 가능성이 컸다. 해바라기를 직접 해봤다는 노인을 만난 일도 없었고 해바라기가 가능한 태양의 공간을 설명할 수 있는 사람을 만나본 일도 없었다. 매일의 행복한 이 반복만이 위안이었다. 근육에 밴 힘을 와해시키는, 낯설면서도 낯설지 않은 기억 따윈 의미가 없었다. 도시를 살린다는 자부심이나 명예 같은 건 애초 없었다. 몸이 늙고 병든 후에 낡은 명예 같은 걸 떠올릴지도 몰랐다. 나는 현재의 고통스러운 노동에 감사하고 나의 건강한 몸을 기뻐하며 내게 주어진 페달러의 숙명을 감사해야 할 일이었다.

"도대체 왜 사이렌이 안 울리는 거야?"

장대다. 페달을 밟으면서 힘들이지 않고 말을 하는 그의 체력이 부러워했다. 다리가 길면 불리하다는 게 낭설임을 보여주는 페달러이기도 했다. 나는 타이머를 힐끔 쳐다보았다. 작업 완료까지 59초가 남았다. 그나 나에게 59초는 하루보다 길게 느껴지기도 할 터였다.

숨이 턱 끝까지 올라왔다. 살갗이 찢어질 듯 팽팽하게 부풀어 오르고 근육이 조각날 듯 통증이 몰려왔다. 나는 까맣게 바닥에 깔린 궤도의 밭에 눈길을 주었다. 천정을 향해 솟아오른 머리들이 검게 빛났다.

49분 23초, 타이머의 숫자가 깜빡거리기 시작했다. 불과 1, 2분 사이에 많은 생각을 하게 되었다는 사실이 놀라웠다. 그리고 지금껏 먹구름 너머의 하늘에 대해 궁금해하지 않았는데 갑자기 궁금해졌으며 사실은 처음부터 몹시 궁금해했던 인간이었다는 사실을 깨달았다. 세상에는 궤도의 도시 말고는 없는지, 왜 노동자들은 페달을 밟아야만 하는지, 페달을 밟아 생성시킨 에너지는 어디로 가는지, 검은 구름 너머에 진짜 하늘은 존재하는지…….

'지긋지긋해!'

장대 역시 나와 오랫동안 페달을 밟아온 인간이었다. 낙오하지 않고 10년 넘는 세월 동안 내 뒤를 구경하며 페달을 밟아왔다. 어쩔 수 없기에 더 지긋지긋하고 벗어날 수 없기에 더 지긋지긋했을 텐데, 나는 근래에 이르러서야 페달러의 삶이 지독하게 지긋지긋했다는 사실을 깨달았다. 예전의 나는 불만 따위 없었던 것 같았다. 적당한 노동에 매일 맞이하는 적절한 크기의 쾌감 그리고 혼자 살기에 부족함 없는 보수. 죽는 순간까지 들을 수 있는 비틀즈의 노래, 음반을 걸 수 있는 턴테이블과 내 몸에 꼭 맞는 침대. 어쩌다 마실 수 있는 브랜디 두어 잔. 이만하면 성

공한 인생이라 여겼다. 책임을 져야 할 가족도 없고 마스터가 될 수도 있는 미래가 기다리고 있었다. 도시 최고의 궤도 마스터가 될 기회가 눈앞에 있었다. 그런데 마스터가 되고 싶지 않았다. 답을 찾을 길 없는 의문들이 불쑥불쑥 떠오르기도 했고 자잘한 기억들도 찾아왔다. 자잘한 상념들은 쓰레기일 뿐 내 삶을 쥐고 흔들 수는 없을 거라 믿었다. 명확한 스토리가 전개되지 않는 기억들도 안개처럼 머릿속에 존재했다.

"니미, 오늘 페달이 왜 이렇게 빡빡한 거야?"

그는 계속 중얼거렸다. 숨을 뱉어내는 일조차 힘겨워 그에게 대꾸하지 못하기도 하지만 톱니바퀴에 고인 말들은 흩어지지 않고 힘줄과 힘줄 사이에 모인 맥을 끊어 놓았다. 나는 애써 그의 말을 외면하고 허벅지와 종아리에 힘을 집중한다. 타이머도 보지 않는다. 40초쯤 남았을 거다.

'기다리는 시간은 가지 않는다.'

어느 궤도의 마스터가 그런 말을 했다는데. 그건 진리에 가까운 명언이었다. 머리로 수를 세기 시작하는 순간부터 시간은 흐르지 않았다. 페달을 밟아야 모든 게 해결되는 물리적이며 논리적인 세상에서 이해할 수 없는 느낌이었지만 분명 시간은 흐르지 않거나 흘러가도 더디 흘러갔다. 노동의 막바지에 이르러

수를 세는 버릇을 버리는데 10년의 세월이 걸린 듯했다. 몇 번쯤 숨 거칠게 뱉어냈을 때 장대의 말 속에 담긴 뜨거운 흥분이 관자놀이에 몰린 신경줄을 끊어버렸다.

"밑에서 페달 놓은 거 같은데."

장대의 말이 송곳이 되어 무릎을 쑤셨다.

"밑에서?"

 그의 말이 끝나기도 전에 페달을 밟는 힘이 톱니바퀴에 전달되지 않는다는 게 느껴졌다. 물기가 부족해 빡빡해진 밀가루 반죽 속에 억지로 손을 집어넣는 기분. 종아리와 엉덩이의 근육에 힘을 집중했지만, 페달은 아래로 내려가지 않았다. 등골에 촘촘히 소름이 돋았다. 살이 감춘 근육의 큰 힘줄 하나가 터져버린 듯했고 뜨거웠던 전신이 순식간에 식어버렸다. 왼편 관자놀이에서 오른편 관자놀이를 연결하는 팽팽한 줄 한 가닥이 탁! 소리를 내며 끊어져 버렸다. 몸이 휘청거렸다.

멈춰서는 안 될 궤도가 멈추었다. 지금까지 노동이 끝나기 전, 궤도가 멈춰버린 일은 없었다. 적어도 내가 아는 한 나의 기억엔 없었다. 다른 궤도 역시 멈춘 적이 있었다는 말을 들어 본 적이 없었다. 각 궤도는 하루에 세 번, 총 3시간을 돌아야 했고 21시간은 멈춰 있었다. 멈추는 시간은 절대적으로 필요한 시간이었다. 톱니바퀴 점검을 위한. 일제히 쉬고 일제히 돌았다. 매일 그렇게 하루에 21시간 동안 궤도를 철저하게 점검했다. 점검 시간이 아니라면 궤도는 멈출 수가 없었다.

"점검조 이 개새끼들!"

장대의 투덜거림이 등을 타고 넘어왔다. 점검조의 잘못이었을까. 아래로부터 수런거리는 소리들이 톱니를 타고 위로 올라왔다.

"저 끝까지 파장이 이어지면 심각하겠는데."

타성에 젖지 않기 위해 정비공들은 점검을 나서기 전 가시가 박힌 회초리로 자신의 등을 후려친 후 궤도에 오른다는 말을 들은 적이 있었다. 톱니바퀴를 점검하는 일은 그만큼 엄중하고 고귀한 일이었다. 실수하는 순간 곧장 해고이기도 했다.

슴에 몰려있던 숨들이 일제히 입 밖으로 터져 나왔다. 나는 안장에 털썩 주저앉고 말았다. 손끝에 몰려있던 힘도 순식간에 빠져버렸다. 근육의 힘들이 풀리고 관절과 관절 사이에 고인 긴장들도 와해되어 버렸다. 먼저 동체 앞에 달린 모니터를 쳐다보았다. 13초. 13초를 버티지 못하고 궤도가 멈추다니. 다음으로 마스터의 방으로 눈길을 돌렸다. 출입문이 열리는 기미도 없었고 그렇다고 허둥대는 발소리도 들리지 않았다. 하지만 마스터는 궤도가 멈춘 이유를 알고 있을 터였다.

"궤도가 멈췄다!"

누군가 소리를 질렀다. 그 말이 외계의 언어처럼 들렸다. 나는 뒤를 내려다보았다. 페달러들이 눈을 크게 뜨고 입을 벌린 채 내 쪽을 올려다보고 있었다. '궤도가 멈췄다'라는 말은 궤도의 사이 사이를 비집고 퍼져나갔다가 다시 되돌아왔다. 궤도가 멈췄다. 도시의 위대함이 멈췄다.

전선의 별

유리 너머의 하늘은 늘 검었고 궤도에서 궤도로 연결된 구름 다리들의 위치를 알리는 빨간 경고등이 반짝거렸다. 경고등 너머 어디로 연결되는지 알 수 없는 전선들도 보였다. 전선임을 말해주는 파랗고 하얀 불빛들이 빛나는 게 보였다. 먹구름에 박힌 선은 선명하게 보이지는 않았지만, 불빛들은 간간이 보였다. 우리는 그걸 별이라 불렀다. 아주 오래전부터.

어느 불빛은 자주 보였고 또 어떤 불빛은 소멸한 별처럼 어느 순간 보였다가 사라진 후 지금까지 보이지 않았다. 검은 하늘이나 늘 우중충한 세상을 원망하진 않았다. 늙은 페달러들은 내가 태어나기 훨씬 오래전부터 날은 우중충했다고들 말했다.

바늘로 심장을 찌르는 듯한 통증과 가슴 한복판이 에이고 답답해지기 시작했다. 내 것인 듯하지만 내 것인지 명확하지 않은 기억들이 떠올라 충돌할 때 가슴을 조이는 답답함도 밀려들었다. 오늘에서야 내 몸에 이상 징후가 나타나고 있다는 걸 인정할 수밖에 없었다. 나는 장대가 눈치채지 못하도록 슬그머니 주먹을 쥐었다.

'저 구름 너머로 올라갈 순 없지만, 저 구름 너머에 별이라는 게 실제로 존재한다네, 그 말 믿을 수 있어? 니미럴, 길 잡아 주는 별이 북극성이라니, 잃어버릴 길도 없지만 별 보고 길 찾아다닐 일이 있기나 하냐고? 그리고 별은 봐서 뭘 하려고? 난 도무지 이해가 안 가. 보이지도 않은 별에 대해 왜 가르치냔 말이야. 그거 가르칠 시간에 차라리 궤도의 심리나 과학 같은 걸 가르치는 게 낫지 않아?'

체력이 왕성한 장대는 불만이나 삐딱함도 왕성했다. 나는 별을 보고 어떤 불만조차 가져본 적이 없었다. 술이나 담배를 좋아하지도 않았고 여자에게는 더더욱 관심이 없었다. 지금까지 내 안에 힘이 가득 차 다른 무엇으로 메울 여유가 남아있지 않다고 생각했다. 지금까지 그런 줄 알았는데. 도시의 가장 높은 곳에 위치한 궤도, 최상의 높이를 가진 궤도에 오르며 비로소 오늘에서야 나는 많은 것들이 궁금해졌다. 오늘 궤도가 멈춘 일조차 누군가의 잘못이라기보다 언젠가 겪었던 일이었다는 생각이 들었다.

장대는 허리 팩에서 담배를 꺼내 물었다. 금연이었지만 단어로만 존재할 뿐 궤도의 머리 쪽에서 페달을 밟는 페달러들은 암암리에 담배를 피웠다.

"궤도가 멈추다니. 살면서 궤도가 멈춘 적이 있었나? 이건 꼭 시간이 멈춘 거 같아."

장대의 입에서 흰 담배 연기가 흘러나와 주변을 맴돌았다.

"그러니까 기분 더럽게도 이건 세상이 멈춘 거 같단 말이야."

세상이 멈추면 기분이 더러울까. 나는 구름 사이에서 흔들거리는 별들을 올려다보았다. 희미하게 깜빡거리는 별들도 여럿 보였다. 궤도의 꼭대기에서 궤도의 넘버를 알리는 전광판들의 불빛들도 약해졌고 별들의 조도도 희미해졌다. 단 몇 초 궤도가 멈춘 것이지만 도시 전체 궤도에 영향을 미쳤다.

나는 시선을 거둬 궤도 아래쪽으로 보냈다. 장대를 포함한 마흔여덟 명의 페달러들이 일제히 안장에 앉아 퀭한 눈으로 나를 쳐다보고 있었다. 건너편의 페달러들은 1212궤도 쪽으로 시선을 준 채 타성과 관성의 힘으로 페달을 밟고 있었다. 그 사이 23초가 흘렀다. 1차 사이렌이 울린 후 마무리 사이렌이 울렸다.

그리고 오늘 하루치의 작업도 끝났다.

주변 궤도의 안장에서 내려선 페달러들의 눈길이 일제히 우리에게 몰려들었다. 그들이 소곤거리기 시작했다. 한 마디 두 마디 모이더니 말은 커다란 소용돌이가 되어 나를 덮쳐왔다. 땀이 흐르고 심장이 격렬하게 뛰기 시작했다. 주먹 쥔 손안에 땀이 고이는 게 느껴졌다. 통증도 답답함과 심장의 이상도 전에 없던 것들이었다. 궤도에서 시작해 궤도로, 궤도에서 시작해 궤도로, 잊으시면 안 돼요, 잊지 마세요. 잊으시면 안 돼요, 잊지 마세요. 궤도에서……안 돼요. 잊지 마세요, 잊으시면 시작해 궤도로……. 마음을 가다듬기 위해 주문처럼 속으로 중얼거렸다. 구호는 여자의 목소리로 바뀌기도 했고 여자의 목소리가 구호가 되어 뇌리에 섞여 맴돌았다. 뒤죽박죽이었지만 그래도 벌렁거리던 가슴이 조금씩 진정되어갔다. 손바닥에 감춘 땀도 조금씩 말라 갔다. 그동안 주변 궤도의 페달러들이 1212궤도 부근으로 모여드는 게 보였다.

우린 모여드는 페달러들을 보면서도 선뜻 궤도에서 내려가지 못했다. 마스터의 방에서 불이 꺼져야 비로소 다른 페달러들이 내려올 수 있는 건 궤도 사회의 암묵적인 룰이었다. 우리들의 눈이 마스터의 방 꼭대기에 머물렀다. 언제 방을 빠져나간 것일까. 녹색으로 빛나야 할 빛은 죽어 있었다.

"젠장, 언제 나간 거야?"

장대가 중얼거리며 안장에서 바닥으로 내려갔다. 다른 페달러들도 머뭇거리다 슬금슬금 안장에서 내려갔다. 안장에 앉아 있는 건 나 혼자였다. 발이 쉽게 옮겨지지 않았다. 어깨에 천근 무게의 무쇠를 올려놓은 기분이었다. 내가 발을 내린 후에야 수군거림이 잦아들었고 주변을 서성거리며 수군거리던 페달러들이 하나둘 탈의실로 향했다.

"도대체 뭐가 어떻게 된 거야?"

장대가 아래쪽을 내려다보았고, 말단 쪽에서 정보가 올라왔다.

"김히로라고 알지? 걔가 우리 말단인 건 알아? 히로가 사라졌다네."

장대는 내게 그 말을 전달하고는 서둘러 계단을 내려갔다. 나도 천천히 그의 뒤를 따라갔다. 김히로? 언젠가 희멀건 얼굴로 미소를 지으며 내게 인사를 하던 청년이었던 것 같았다. 내 뒤를 페달러들이 줄지어 따라붙었다. 1분여 만에 50번째 페달러의 자리에 도착했다. 주변에 몰려든 페달러들이 나를 지켜보았다. 나는 마스터의 방 쪽을 한번 올려다본 후 안장에 손을 대보았다. 차가웠다. 진즉 자리를 떴다는 추측이 가능했다. 타이머도 꺼진 상태였다. 타이머 아래 매달린 앵무새 인형이 보였다. 장대가 하단 쪽의 페달러들에게 여러 질문을 해댔다.

"알 수가 없죠. 앞만 보고 있으니까."

50번째 페달러가 사라진 시간이나 상황을 알 수 있는 사람이 없었다. 그들의 말 그대로 페달러는 앞만 보고 페달을 밟는 존재이니까. 한 가지 알아낸 정보가 있다면 이전 작업 시간에는 안장에 앉아 있었다는 정도였다.

"말단 하나 자리 비웠다고 궤도가 멈춰? 1212는 이 도시에서 가장 안정된 궤도란 말이야."

페달러 한 사람이 부족하다 해서 멈출 궤도가 아니었다. 조금씩 힘을 나누면 한 사람쯤 비는 상황은 충분히 보완할 수 있었다. 지금까지 그런 일이 일어난 적은 없지만 매뉴얼엔 그렇게 적혀 있었다. 그리고 충분히 가능한 유추였다. 나는 장대와 50번째 페달러가 앉아 있었던 안장을 번갈아 쳐다보았다.

"페달러가 이러면 안 되는 거잖아. 도대체 어디 간 거야?"

장대가 말하는 동안 어둠 저편에서 경광등을 반짝이며 안전요원의 전동차가 달려왔다. 안전요원은 1212페달러들을 향해 내려오라는 손짓을 해 보였다. 페달러들은 수군거리던 입을 닫고 안전요원의 지시를 따랐다.

"장탁수 페달러만 타세요. 나머지 분들은 퇴근하셔도 됩니다."

안전요원은 나를 손가락으로 지목한 후 전동차 쪽으로 걸음을 재게 놀렸다.

"꼭 저렇게 페달러라고 불러야겠어, 젠장."

안전요원들은 장대의 말을 들은 척도 하지 않았다. 페달러를 페달러라고 부르는 걸 페달러들은 싫어했다. 이 도시에서 직업이 이름을 대신하는 건 페달러가 유일했다. 안전요원이 장대의 얼굴을 히뜩 쳐다보았다. 그는 안전요원의 시선을 피해 어둠뿐인 하늘을 올려다보았다. 나도 덩달아 먹구름을 둘러보았다. 궤도가 멈춘 일이나 50번째 페달러가 사라진 이유가 먹구름 때문일지도 모른다는 엉뚱한 생각이 들었다. 문득 먹구름 뒤로 그가 사라졌을지도 모르겠다는 생각마저 들었다. 하지만 구름 너머의 세상이 존재하는지 알 수가 없었다. 상상은 기억의 힘에 의해 유발된다는 문장을 읽은 기억이 났다. 그 문장이 사실이라면 먹구름 뒤가 상상되지 않은 건 당연했다. 먹구름 너머의 세상을 본 적이 없으니 상상도 없었다. 빛을 잃었던 전선의 별들이 다시 빛을 찾아 반짝거렸다. 페달러들이 안전요원과 내 눈치를 보며 하나둘 휴게소 쪽으로 몸을 틀었다. 장대만이 나와 안전요원에게 눈길을 주었다.

"지난 타임 때 분명 있었지?"

장대는 주변을 떠나지 못하는 페달러들에게 물었다. 50번째 페달러가 제자리에 오르는 걸 보았다고들 말했다. 그런 것 같았다고 말하는 페달러도 있었다. 궤도에 오르는 매일 매시간의 풍경이 똑같아서 궤도가 늘 그 자리에 있듯 그도 역시 제자리에 있을 거라는 무의식이 그렇게 인식했던 것인지도 몰랐다. 실은 어제도 그제도 그리고 몇 달 전에도 그는 없었는데 우리는 항상 존재한다고 믿었던 것인지도 몰랐다. 그런데 어쩌면 본 것 같았다. 하지만 그걸 확신할 수 없었다. 내가 본 그가 어제의 그였는지 1년 전의 그였는지.

나는 전동차의 뒷좌석에 올라탔다. 안전요원은 전동차를 도시 중앙로 쪽으로 방향을 틀었다. 안전요원들은 한 차례 더 장대에게 눈길을 주었다가 거두어들였다. 장대는 손을 머리 높이까지 들었다가 내려놓았다. 나도 그에게 그렇게 인사를 했다. 문득 좋아해 본 적이 없는 브랜디를 마시고 싶다는 생각이 강렬해졌다.

질문과 심문

공장장은 검은콩을 씹으며 한참 동안 말없이 나를 쳐다보았다. 나는 눈 둘 곳이 없어 창밖으로 눈길을 주었다. 유리천장을 가진 궤도의 건물들이 끝없이 펼쳐져 있었다. 유리 지붕의 높낮이가 달라 그런지 그것들은 살아 움직이는 듯 일렁거렸다. 강물의 물결처럼, 바람을 타고 이동하는 먹구름처럼 출렁거렸다. 희미한 빛을 먹은 먹구름들이 유리천장에 반사되어 검게 반들거렸다. 한 마리의 거대한 짐승이 유리천장을 타고 넘어가는 형상이었다. 웅장하면서도 무서웠다. 나는 침을 삼켰다. 작은 종지에 담겨있던 콩이 바닥나자 그제야 공장장이 자리에서 일어났다.

"장탁수!"

나도 모르게 의자에서 벌떡 일어났다. 그가 손짓으로 의자에 다시 앉으라는 모양새를 취했다. 나는 의자에 다시 몸을 맡겼다.

"구급교육을 받았던 적이 있었나?"

말단 페달러의 실종 때문이 아니라 며칠 전 술집 앞에서 쓰러졌던 여성을 두고 하는 말인 듯했다. 나는 눈을 동그랗게 뜨고 고개를 저었다.

"구급 교육을 받은 적이 없다?"

나는 다시 한 차례 고개를 끄덕거렸다.

"그럼 어떻게 그렇게 빨리 응급처치를 할 수 있었던 거지?"

"그건 저도 잘 모릅니다. 사실은 제가 그런 일을 했던 것인지도 자신할 수가 없네요. 그러니까 저도 모르게 그냥……."

공장장의 눈이 빛났다. 그의 입안에 여전히 콩이 담겨있는지 오물거렸으며 통통한 볼이 씰룩거렸다. 페달러들의 지방이 사라진 얼굴과는 비교되지 않을 정도로 부드럽고 유연한 살이었다. 살들 속에 나로서는 짐작할 수도 없는 뭔가가 감추어져 있을 것만 같았다. 그의 볼에서 볼우물이 잡힐 때마다 소름이 돋았다. 머리카락 한 올 흐트러짐 없는 헤어스타일의 남자, 온통 검정색 일색의 도시에서 흰색의 옷을 입은 남자. 머리와 어깨는 둥글었다. 그는 신발까지도 흰색이었다.

"……그러니까 제가 좀 더 신경을 썼어야 했는데 그러질 못했습니다. 페달러를 관리하는 게 마스터의 역할이 아니라 제 역할이라는 생각을 하지 못해서…….

"무슨 소리야?"

"저희 궤도에 마지막 자리 페달러……."

공장이 검지를 들어 좌우로 저었다. 마지막 페달러에 대한 추궁이나 질문을 위해 나를 공장장의 방까지 불러들인 게 아니라는 걸 깨달았다.

"페달러야 구하면 되지."

그가 잠깐 손목시계를 들여다보았다.

"그래, 1212페달러들은 단합이 잘 되는가?"

페달을 돌리다 보면 어느 순간 페달러들의 힘이 톱니를 타고 미세하게 전달되었다. 그 힘 속에서 슬픔이나 아픔 고통이 느껴지기도 했고 가끔 기쁨이나 행복이 전달되기도 했다. 페달러들은 하나의 몸에서 뻗어 나간 근육이나 신경들과 비슷했다. 페달을 밟으며 호흡의 리듬도 비슷해질 수밖에 없었고 페달이 어느 지점을 지날 때 힘을 주어야 하는지도 닮아갔다. 내 발의 오른쪽 발가락에 힘이 들어가면 그 힘이 마지막 자리의 페달러에게까지 전달되어 어느 순간 어느 지점에서는 똑같은 근육을 사용했고 비슷한 힘으로 페달을 밟았다. 닮지 않으려 해도 닮을 수밖에 없는 관계였다. 지난밤 누가 과음을 했는지, 우울한지, 아프진 않은지 알아차릴 수도 있었다.

"그게 단합이라기보단 좀 다른 뭔가가 있는데 딱히 설명하기는 어렵습니다."

나는 최선을 다해 말했다.

"알지, 알아. 내가 궁금한 건⋯⋯. 인공호흡 같은 걸 어디서 배웠느냐는 거지?"

그의 질문의 의도를 헤아릴 수가 없어 나는 허리를 곧추세웠다.

"아까도 말씀드렸지만, 저도 제가 그런 걸 언제 배웠는지 잘 모르겠습니다. 언젠가 배운 거 같기도 하긴 한데. 그리고 제가 구한 게 맞는지도 모르겠고요."

"죽어가던 여자를 구한 게 자신인지 아닌지 모르겠다?"

여자가 죽어가고 있었던가. 나는 의사도 아니고 구급요원도 아니었다.

"그게 아니라 제가 구하긴 구한 것 같습니다. 그건 딱히 자랑할 만한 일도 아니고, 공장장님을 만날 수 있을 만큼 거창한 일도 아닌데⋯⋯."

나는 처음으로 공장장을 정면에서 쳐다보았다. 눈이 부셔서 그를 똑바로 쳐다볼 수가 없었다. 사무실의 밝은 조명도 눈을 아프게 했다. 그는 내 시선에서 멀어져 창가로 걸어갔다. 그는 걸을 때마다 흰빛을 쏟아냈다. 아래위로 흰옷을 입은 이 도시의 공장장. 그는 빛났다. 이 도시에 살면서 그를 보는 일은 물론 그와 마주 앉는 일도 처음이었다. 짙은 감청빛 유니폼을 입는 페달러들의 복장만 보아온 나로서는 흰색의 옷이 기이할 정도로 낯설었다. 그는 궤도의 도시를 관장하는 주인이었다. 그러니 모빌유가 비처럼 내리는 도시에서 흰옷을 입을 수 있는 게 아닌가. 시장에서 흰옷에 대해서는 소문으로도 들어본 적도 없었다. 그나마 밝은 색감이라면 연한 감청색의 옷이 전부였다. 그는 먹구름 아래의 세상과 본 적 없는 먹구름 위의 세상처럼 다른 세상의 존재였다.

"그처럼 신속하게 응급처치를 할 수 있는 페달러는 없어!"

공장장의 말투는 딱딱하고 강했다. 창밖으로 유리 지붕을 내다보던 공장장이 뒤돌아섰다. 나는 흠칫 놀랐다. 그의 얼굴이 낯설지 않은 때문이었다. 어디에선가 보았던 얼굴?

"혹시 말인데……. 요즘 두통이 있거나 가슴이 답답하거나 그런 적이 없었던가?"

나는 한 차례 더 놀랐다. 두통까지는 아니지만, 머리가 맑지 않았고 가슴이 답답한 증상이 나타나고 있었으니까.

"그런 적 없는데요."

나는 거짓말을 했다.

"그래, 그럼 갑작스럽게 응급처치와 비슷한 영상들이 떠오르고 그러진 않았나?"

나는 재빨리 고개를 저었다. 그의 얼굴에 묘한 미소가 번졌다. 너그러움과 이해와 증오와 고통이 범벅이 된 묘한 미소. 그의 미소는 낯선 듯하면서도 낯이 익었다.

"잡념은 궤도에 해롭다고 알고 있습니다. 저 역시 그 생각에 동의하고요."

"그러니까 응급처치를 하는 따위의 기억은 없다?"

그는 다시 창밖으로 시선을 주었다. 나는 손바닥에 힘을 조금 풀며 등 뒤로 감추었다.

"진짭니다. 전 페달러이니까요."

"그렇지, 자넨 페달러지. 빈틈이라곤 없어야 하는 페달러."

그의 말이 끝나자마자 톱니의 핀 상태를 확인하는 망치로 관자놀이를 살살 두드려대는 듯한 가벼운 통증이 일어났다. 심박수가 약간 빨라졌고 갈비뼈 안쪽이 답답하다는 느낌을 받았다. 나는 다시 손바닥을 말아 쥐었다.

궤도가 멈추었다. 공장장은 사라진 페달러에 대한 이야기나 궤도의 안전이나 책임에 대한 이야기는 꺼내지 않았다. 그는 술집 앞에서 일어났던 상황에 대해서만 궁금해하는 듯했다. 정작 내가 궁금한 건 궤도가 왜 멈추었느냐는 것이었다. 나는 입을 벌렸다가 닫았다. 질문을 하려고 단단히 주먹도 쥐고 눈가의 힘을 모아 보았지만, 그의 크고 넓은 하얀 등판이 거대한 벽 같아 입을 열 수가 없었다. 두통과 가슴 답답함을 물은 그와 마주하고 있다는 사실이 서서히 두려워졌다.

그는 천천히 좌측으로 걸어갔다가 다시 되돌아오기를 반복했다. 네 번, 다섯 번, 여섯 번. 전동차를 타고 30분 남짓 시속 40킬로의 속도로 내 숙소와는 반대 방향으로 달려왔고 보안요원의 안내를 받아 궤도 공장의 끝이라고 짐작이 되는 건물 앞에 다다랐을 때 이 도시에도 미적인 감각을 추구하는 건물이 존재한다는 걸 알았다. 두 개의 궤도를 'ㅅ'자 형태로 세운 건물. 건물 주변을 둘러선 수백 개의 청동상. 내가 동상 앞에서 발을 쉽게 떼지 못하자 보안요원은 전설적인 페달러들을 기리는 동상이라고 설명해 주었다.

청동이 반사하는 빛을 받을 때부터 내 몸과 정신은 페달을 밟는 고비의 시간을 앞에 두고 있을 때처럼 몸이 무거워지고 있었다. 희미한 조명등의 복도를 지나고 공장장의 사무실에 들어서서 지금 그와 마주하고 있는 이 순간까지 나는 나를 인식할 수 없었다. 그의 사무실은 굉장히 높은 곳에 있었으며 궤도의 밭 끝이 아니라 중심에 있다는 사실을 깨달았다. 사무실은 밝고 지나치게 깨끗해서 섬뜩했다.

"맨 아래 안장 페달러 이름이⋯⋯.

공장장이 고요한 공기의 흐름을 깨고 입을 열었다.

"히로입니다. 김히로."

"그래 김히로. 어떤가 그 친구와는 친했나?"

나는 히로의 얼굴을 떠올려 보려고 노력했다. 하지만 그의 얼굴 중 어느 구석도 생각나지 않았다. 마스터가 되면 모든 잡무에서 해방되는 거겠지, 그래도 페달러들에 대한 세세한 사항들까지 모두 알고 있어야 할 거야. 나보단 장대가 더 마스터가 되기를 원했던 것 같았다. 그는 간혹 마스터의 시간에 대해 말하곤 했다. 내가 어서 마스터의 자리로 떠나고 1212궤도를 물려받은 다음 10년쯤 세월이 흐르면 마스터가 될 수 있다는, 그 오지도 않을 것만 같은 꿈이 그를 움직이도록 만들었다. 그는 페달러가 마스터 되는 일은 기적과도 같은 일이라며 부러워했다. 그 최초의 일이 1212궤도에서 일어날 것이며 자신이 그다음 주자가 될 거라는 사실에 고무되어 있었다. 그는 나보다는 페달러들에 대해 잘 알았다. 그에게 김히로에 대해 물어보지 못했다는 게 아쉬웠다.

나는 가만가만 기억을 더듬어 보았다. 몇 차례 같이 술을 마셨던 것도 같았다. 칼바도스! 술 이름이 기억났다. 애플 브랜디인 칼바도스. 말단 페달러가 마시기엔 좀 비싼 술이었지만 한 달에 한 번 마실까 말까 하는 정도만 술을 찾는 거라 그 정도는 마셔도 나쁘지 않겠다는 생각을 했었다는 사실도 기억해냈다.

'작업 안 할 땐 뭐하며 지내냐고요? 뭐 책도 좀 보고 결혼할 만한 여자 찾아 시장 어슬렁거리다가 마음에 드는 여자 나타나면 뒤도 따라가곤 하면서 지냅니다. 한 번도 여자와 데이트라는 걸 해본 적은 없습니다.'

반년쯤 전 술집에서 만난 그에게 애플 브랜디를 한 잔 사주자 읊어댔던 레퍼토리였다. 까마득하게 잊고 있었던 이야기가 지금 이 순간 선명하게 떠올랐다.

"가끔 뭘 적기도 해요."

"뭘?"

"그냥 닥치는 대로요. 그날 있었던 일이나 내 생각이나 그런 거요. 기억 같은 것들도요."

"기억?"

"그런데 도무지 기억나는 게 없어요. 산발적으로 어떤 장면들이 더러 떠오르는데 그게 내 기억인가 싶기도 하고요. 그런데 부모님 얼굴도 기억나지 않더라고요. 내가 존재하니까 두 분이 있긴 있었을 텐데……."

그로 인해 나 역시 부모에 대해 잠깐 고민해 봤던 적이 있었다는 사실이 기억났다. 나 역시 두 분에 대한 별다른 기억이 없었다. 아주 오래전에 헤어졌거나 그랬을 가능성이 컸다. 드문드문 어린 시절의 기억이 나지만 내 기억의 완전한 시작은 페달을 밟을 때부터였다. 이 도시에서 그 정도 사이라면 친하다고 말할 수 있을까.

"아무래도 우리 궤도 사람이니 친했을 거 같습니다."

나는 그와 나누었던 이야기들에 대해서는 말하지 않았다.

"친했을 거 같다?"

그가 고개를 끄덕거렸다. 그런데 왜 지금 히로와 친했느냐는 질문을 하는지 그 이유까지는 알 수가 없었다. 그에게 물어보고 싶었지만 페달러의 질문에 대답을 줄 사람이 아니라는 게 느껴졌다.

"히로 그 친구가 요즘 읽던 책이 뭐였던가? 만나는 여자가 있지 않던가?"

그는 또다시 나로서는 알 수 없는 질문을 했다. 그리고 내 대답 따윈 듣지도 않고 계속해서 사소하고 나로서도 알지 못하는 질문들 수십 가지를 퍼부었다. 나는 단 한 가지도 대답하지 못했다.

"사랑했던 여자를 시장에서 보았다는 말을 하지 않던가, 시집이나 소설책 같은 것도 읽었던가, 특별하게 좋아하는 노래가 있었나, 자주 생각에 잠기든가, 혹 노래는 부르지 않던가, 눈물을 흘린 적은 없던가, 이상한 질문을 하지는 않던가, 어려운 단어를 동반한 이야기 같은 걸 하지는 않았는가, 자주 같이 걸어 다니는가……."

나는 그의 질문을 들으며 그의 흰 얼굴만 멍하니 쳐다보았다. 그의 물음은 질문 같기도 하고 심문 같기도 했다. 질문이라면 답을 해야 하고 심문이라면 긴장을 해야 하는데, 나는 어떤 상태로도 진입할 수가 없었다. 대신 고개만 조금 돌려 내가 들어온 문을 쳐다보았다.

"그 노래 들어보셨어요? 시장에 가면 구할 수 있어요. 해적판이라 음질은 별로지만 말이에요. 무슨 노래냐구요? 〈Let It Be〉라는 노래예요. 세상 흘러가는 그대로 그냥 내버려 두라는 노래죠. 전설적인 노래죠. 도시가 오로지 궤도로 바뀌기 훨씬 전에 영국이라는 나라의 4인조 밴드가 부른 노래라고 그러더군요. 정확한 이야기인지는 모르겠어요. 영국이라는 나라도 생소하고요. 그런 나라가 있었나요? 오래전 노래니까 아마 그 노래를 불렀던 네 명도 진즉 죽었겠지요. 언제 기회가 되면 한 번 들어보세요. 〈Let It Be〉, 죽여줘요."

수개월 전 히로가 했던 말이었을 텐데 선명하게 떠올랐다. 그리고 내가 즐겨 듣고 있는 노래가 그의 소개로 듣기 시작했다는 사실도 기억해냈다. 나는 그 말을 공장장에게 해야 하나 말아야 하나 갈등했다. 눈은 출입문 쪽에 둔 채 눈만 끔뻑거렸다. 문가에 두 명의 보안요원이 서 있었다. 그들은 표정 없는 얼굴로 시선을 창밖에 두고 있었다.

"친했겠지."

공장장의 말투가 서늘했다. 그의 결론은 내 가슴을 쥐고 흔들었다. 마른 침이 목울대를 넘어갔다. 어떤 말이라도 해야 한다는 강박이 내 등을 떠밀었다.

"아까 브랜디에 대해 말했는데 그렇다고 그가 매일 브랜디를 마시는 건 아니었습니다. 가끔 저도 한두 잔 사주기도 했고요. 그가 좋아하는 브랜디는 칼바도스라고……."

"칼바도스! 호 제법이군. 애플 브랜디를 좋아했다 이거지? 그런 술을 나눠 먹는 사이였군. 칼바도스 좋은 술이지. 사실 이 도시에서 마시긴 아까운 술이기도 하고, 온갖 피로와 근심을 가져가는 술이기도 하고 말이야, 안 그런가?"

"그런데 저와 히로가 술을 나눠 먹는 사이는 아니고요. 그냥 그가 몇 번 제게 술을 사준 적이 있을 뿐입니다. 저도 몇 번 샀던 거 같고요."

"그게 그 말 아닌가? 상급 페달러가 술을 사주면 그게 나눠 먹는 거지, 나눠 먹는다는 말이 뭐 별건가? 아, 그런 단어에 민감한 편인가? 페달러들은 단어에 민감하다고 들었네만."

"단어에 민감하다는 생각은 해본 적은 없습니다만."

그의 눈을 잠깐 훔쳐보았다. 깜빡거림도 없고 강렬하고 선명한 눈매. 그가 들었거나 믿는 걸 부정할 수 없겠다는 판단이 들었다.

"그럴 수도 있겠다는 생각이 듭니다. 그러니까 우리 페달러들은 단어에 민감할 수밖에 없겠다는 겁니다. 워낙 일이 고되고 또 신경들이 날카롭고 그러다 보니 아무래도."

나는 서둘러 변명하듯 주절주절 말을 늘어놓았다.

"역시 단어에 민감하군. 좋아, 좋아. 민감할 수도 있겠지. 페달러들이라는 게……. 그래, 혹시 말이네, 그 친구가 브랜디를 마시면 새로운 이야기 같은 걸 하지 않던가?"

질문인가, 심문인가. 이번에도 가늠이 되지 않았다. 술과 새로운 이야기를 조합해서 생각해 본 적이 없었다.

"그러니까 내 말은 히로라는 그 친구가 술을 마시면 뭔가 낯선 단어들을 내뱉지 않았느냐는 말이지."

그는 재촉했고 답을 원했다.

"뭔가 낯설고 새로운 건 아니고, 저는 브랜디를 마시면 가끔 다른 사람들 생각을 하지만 그는 무슨 생각을 하는지는 모르겠습니다. 구체적으로 말한 적도 없고요."

나는 공장장의 방에 들어서는 순간부터 이미 정화되고 말았다. 내 입에서 나올 이야기들은 진리거나 진실이어야 하며 나의 행동은 최대한 겸손해야 하고 나의 숨은 숭고해야 한다고 느꼈다. 나의 거짓말은 단숨에 들통이 나게 만드는 방이었으며 남자였다. 그럼에도 나는 계속해서 거짓말을 해댔다. 그런데 묘하게도 거짓말들이 진실처럼 여겨졌다.

"다른 사람들?"

"그러니까 제 뒤에서 페달을 밟는 페달러들 말입니다. 가끔은 다른 궤도의 사람들 생각도 하고."

"무슨 생각?"

"그게 그러니까 콩을 좋아할까? 무릎이 시큰거릴 때 어떤 방법으로 응급조치를 할까? 매일 마지막 남은 10분 동안 무슨 생각을 할까, 뭐 그런 겁니다."

그는 제 오른손으로 턱을 어루만졌다.

"재미있군. 매우 일상적이고, 그런데 말이네. 한 인간이 똑같은 노동을 수십 년 가깝게 하다 보면 어떤 근본적인 뭔가에 대한 상상력 같은 게 떠오를 텐데. 그렇지는 않던가?"

나는 고개를 가로저었다. 하루 3시간 페달을 밟고 숙소에 돌아오면 라면을 끓여 먹을 기운조차 바닥이 났다. 근본적인 뭔가에 대한 상상력 같은 건, 공장장에게나 어울리는 일이었다. 나나 장대, 히로 같은 페달러에겐 의미가 없었다. 공장장도 충분히 그걸 알 법했다. 3시간의 노동은 페달러의 생활 전체를 지배했고 페달러를 조정했으며 비록 3시간의 노동이지만 그들의 몸을 피폐하게 만들었다. 하루의 일과는 3시간의 노동에 최상의 컨디션을 유지하는 데에 맞춰졌다. 퇴근하는 길에 신발을 구경하거나 옷을 구경하느라 한 시간쯤 소비하고 숙소로 돌아오면 몸을 씻고 텔레비전을 보는 게 그들 삶의 전부였다.

텔레비전을 보면서 라면을 끓여 먹거나 빵을 먹었다. 냄비도

치우지 않은 채 그대로 잠이 드는 날이 대부분이었다. 침대를 언제 사용해 봤는지 까마득할 정도로 내 삶은 단순했다. 하루 종일 뉴스만 나불대는 텔레비전을 보고 궤도에서 일어난 자잘한 사고들에 대해 듣고 분석하는 수사관들의 이야기에 대해, 다른 각도에서 수사하면 다른 결론에 도달할 것이라는 정도로 머리를 굴려본 적은 있었다. 그건 상상력도 낯선 경험도 아니었다. 페달러들이라면 흔한 일상이었다.

"근본적인 질문 같은 걸 하지 않는다? 이상하군. 우린 인간이란 말이네. 어떻게 근본적인 질문 같은 걸 하지 않을 수가 있는 건가?"

공장장의 눈이 커졌다가 작아졌다.

"그게 그러니까. 페달 밟는 게 너무 힘들어서 그런 거 같습니다."

"페달 밟는 게 힘들다? 몸과 정신은 별개란 말이네."

"몸이 힘들면 정신도 힘든 거 같습니다."

그의 얼굴이 미세하게 일그러졌다. 자신이 아는 세계의 이야기와 다른 어떤 이야기가 그를 불편하게 만든 것일까. 나는 괜히 조바심이 났다. 그렇다 하더라도 말초신경을 더 바짝 조일 기운이 남아 있지 않았다. 계속해서 강한 긴장이 허리를 파고들었다.

위에서 아래로 잘 흐르던 피가 아래에서 위로 솟구친 듯 뒷목이 조금씩 뻣뻣해져 갔다. 등골을 타고 흘러내리던 식은땀이 말라 버려 오한이 들었다. 얼른 사무실을 나가고만 싶었다.

"그래? 히로 그 친구는 조금 달랐던 것 같던데."

전동차로 30분 가까이 떨어진 곳의 사무실에 앉아 있는 사람이 히로에 대해 어떻게 알게 되었다는 말일까.

"그게 무슨 말씀이신지……."

나는 그가 왜 그런 질문을 하는지 궁금했다. 히로에 관한 이야기를 왜 내게 묻는지, 그리고 지금 히로는 어디에 있는지. 궤도가 멈춘 이유가 히로에게 원인이 있는 것인지. 나도 질문을 하고 싶었지만, 그는 창밖으로 몸을 돌렸다. 공장장의 모습이 유리창에 되비쳤다. 나는 유리창에 비친 그에게 시선을 주었다. 그는 유리 지붕 쪽으로 눈길을 준 채 더 이상 말을 꺼내지 않았다. 나가도 되는 걸까? 시간을 소비하면 내일 작업에 지장이 있는데.

"저 그런데 혹시 왜 제게 히로에 관한 질문을……."

그는 내게 잠깐 시선을 주었다가 거두었다.

"1212궤도의 페달러 중에 스스로 제 목줄을 끊은 사람은 단 한 사람도 없었어. 적어도 내가 공장장으로 있는 동안에는. 그러니까 20년 가까이 그런 인간은 없었다는 말이지. 게다가 다른 궤도도 아니고 이 도시의 심장이랄 수 있는 1212야. 도저히 있을 수 없는 일이지."

"그 말씀은 히로가 자살이라도……"

공장장은 신음을 내며 입을 다물었다. 무엇이 그의 기분을 상하게 했을까. 나의 질문이? 아니면 히로가 스스로 죽었다는 사실이? 히로가 죽었나? 소파가 점점 딱딱해지고 가슴에 모래가 채워진 듯 서걱거렸다. 일어날까 말까 엉덩이를 들썩이는데 문을 노크하는 소리가 들렸다. 공장장은 노크에도 대응하지 않았다.

문이 열렸고 누군가 들어왔다. 차마 출입문 쪽을 쳐다보지는 못했다. 누군가 다가오는 소리에만 귀를 기울였다. 둔탁한 발걸음들. 하나는 가볍고 하나는 무거웠다. 그리고 옷감이 스치는 소리.

"보안실에서 사진을 가져왔습니다."

그제야 나는 소리 나는 쪽으로 얼굴을 돌렸다. 한 명의 여자와 여자인지 남자인지 분별이 명확하지 않은 또 한 사람이 서 있었다. 여자는 베이지색의 유니폼을 입고 있었고 다른 한 인간은 청색의 유니폼 차림이었다. 그 혹은 그녀는 제법 굵은 사지의 몸을 가졌고 머리카락이 짧은 헤어스타일이며 등판이 두껍고 어깨가 넓었다. 몸을 지탱하는 허벅지의 굵기가 궤도의 메인 핀을 연상시켰다. 거구였지만 여자인 듯했다. 어깨 아래 도드라진 가슴과 얇은 입술을 확인한 후에야 그가 여자일지도 모른다는 생각이 들었다.

나를 쳐다보는 공장장의 눈썹이 잠깐 일그러졌다. 나는 세 사람을 번갈아 보았다. 청색 유니폼을 입은 걸로 보아 여자인 듯한 그 역시 궤도의 노동자인 듯했다. 페달러가 아니면 점검조일 터였다. 하지만 궤도의 노동자가 아닐 수도 있었다.

베이지색의 여자가 청색의 여자에게 눈짓을 했다.

"인아리라고 합니다."

공장장의 눈이 그녀의 어깨에 머물렀다가 멀어졌다.

"이건 관리대장이고 이건 보안실 사진입니다."

공장장은 먼저 관리대장을 들춰 서류를 꺼냈다. 그는 서류와 청색의 여자를 번갈아 쳐다보았다.

"인아리라. 충분하겠군."

뭐가 충분하다는 말인지 알아차릴 수가 없었다. 베이지색 여자가 나를 일별한 후 다른 서류봉투를 공장장에게 내밀었다. 공장장은 A4용지 크기의 사진을 한 장 한 장 꺼내 보다 외마디 신음을 내뱉었다. 그의 손에 들려있던 사진들이 바닥으로 떨어지며 펼쳐졌다. 여러 각도에서 찍은 사진이었다.

사진의 내용은 좀 기묘했는데. 어디의 궤도인지 알 수 없지만, 궤도의 하단부가 보였고 하단의 톱니에 누군가 머리를 들이밀고 있는 그림이었다. 옆에서 찍은 다른 사진 한 장은 좀 더 기묘했다. 톱니가 노동자의 머리를 먹어치우고 있었다? 톱니와 톱니 사이에 머리가 박혀 있었다. 나도 외마디 비명을 질렀다. 노동자의 오른팔과 머리와 상체 일부분이 톱니 사이에 낀 그림이었다. 사진을 외면하는 순간 나는 허공을 향해 들린 노동자의 발을 보았다. 그리고 그 발에서 대롱거리고 있는 신발도 보았다. 감색의 신발, 기름때에 절어 짙은 밤색으로 변한 히로의 신발. 분명 그의 신발이었다. 눈높이에서 내 눈을 희롱하는 신발은 분명 그의 신발이었다. 몇 차례 만나지 않았다는 건 내 기억의 오류인지도 몰랐다. 히로의 신발까지 기억하고 있다는 건 더 자주 만났을 가능성이 있다는 말 아닐까? 그러다 문득 내 신발을 내려다보았다. 내 신발도 감색? 그렇다면 신발로 신원을 확인한다는 건 부정확한 짓이었다.

'그럼 히로가 아닐 수도 있다?' 나는 공장장이 내려다보는 사진을 자꾸 힐금거렸다. 사진 속 남자는 히로일 수도 아닐 수도 있었다.

내가 시선을 떼자 청색의 여자는 고개를 돌렸다. 베이지색의 여자가 사진을 챙겼다.

"도대체 뭐가 불만인 거야!"

공장장이 바람을 일으키며 뒤돌아섰다. 사진을 챙긴 여자는 그의 왼편 곁에 말없이 서 있었다.

"자넨 준비됐지?"

공장장의 눈이 아리에게 가 꽂혔다. 아리가 고개를 끄덕거렸다.

"궤도에서 일하시는 분들이 반발하지 않으신다면 괜찮다고 했습니다."

"누가 반발을 해?"

"그래도 1212는 핵심 중의 핵심인데……."

공장장이 베이지색 여자를 위에서부터 아래로 훑어 내렸다.

"여기 이 친구가 현재는 최고참이니까 1212궤도의 특성이나 페달러들에 대해서 파악해 보게. 시간이 없어. 다음 작업부터 바로 투입이 되어야 하니까."

베이지색 여자는 사진을 든 손을 만지작거리다 입구 쪽에 서 있는 경비들을 쳐다보다가 나를 보기도 하고 공장장의 뒤통수를 쳐다보기도 했다.

"다른 궤도에서 여자 페달러를 종종 보긴 했지만 그래도 1212는……."

귀가 번쩍 열렸다. 죽은 히로가 담긴 사진을 보았을 때보다 심장이 더 격렬하게 뛰기 시작했다. 1212궤도에도 여자가 온다? 그것도 페달러로? 사진 속 인물이 누구인지는 더 이상 중요한 이슈가 아니었다.

"인아리라고 했지. 자네가 그 시작을 알리면 되겠네. 남자 페달러들이라는 게 나이를 먹으면 감상적이 돼. 반면 여자들은 중성화된다고 하지 않는가. 다른 궤도에 있는 여성 페달러들의 활약이 훌륭하다고 하네. 그래도 남자 페달러들의 정년을 앞으로 더 일찍 잡아야 한다는 걸 난 반대했지. 대신 어린 남자들도 페달러가 될 수 있도록 하자는 의견에 찬성했는데 이게 뭔가. 남자가 부족한 판국에 말이야."

등줄기가 바짝 섰다. 베이지색 여자는 챙긴 사진을 든 채 공장장의 곁에 섰다. 그사이 다른 누군가 공장장의 사무실로 들어왔다. 공장장과 똑같은 옷차림의 남자였다. 공장장은 나와 여자를 물렸다. 공장장은 쭈뼛거리며 물러나는 아리와 나에게 말했다.

"오늘 중으로 업무 파악하도록 해. 이 도시에서 가장 신성한 노동자가 누군가? 페달러야. 자네에게도 새로운 신념이 필요할 거야. 탁수한테 도움받도록. 그리고 오늘 18시에 화장이 잡혀 있으니까 참관하도록 해. 규정은 규정이니까. 다음 노동시간 전까지 저 친구한테 페달러의 규정, 사명, 윤리 등등을 교육시키도록 하게. 물론 실전도 철저하게 시키고."

나는 얼결에 아리의 뒤를 따라 나왔다. 문밖에 서서 어디로 가야 하는지 알 수가 없어 복도에 서서 끝없이 긴 복도 천장의 감시카메라에 눈길을 주었다. 카메라의 둥근 보호경이 반짝반짝 빛났다.

"그리고 저 친구가 빈자리를 채울 거야."

나는 몸을 돌려 공장장을 바라보았다.

"그럼 충원 없이⋯⋯. 초보자를 1200급 궤도에 올리신다는 말씀이신지⋯⋯. 그것도 여자를."

"궤도에 적합한 몸이야."

출근하면 카드 찍고 페달 밟고 집으로 돌아와 샤워하고 라면 따위를 끓여 먹고 잠들었다. 내 인생은 명료하며 단순했다. 오늘 공장장을 만났고 죽은 히로라 짐작이 가는 사진을 보았다. 아무런 감흥이 일지 않았다. 누군가의 죽음을 슬퍼하는 법을 배우지 못한 탓일까? 배웠는데 잊은 것일까. 톱니 속으로 뛰어든 히로도 이해가 되지 않았지만, 복도 한복판에 서서 궤도와는 아무런 연관도 없는 고민을 하면서 있는 나 자신도 이해할 수가 없었다. 무엇보다 이해가 안 되는 건 히로는 죽지 않았을지도 모른다는 막연한 생각이 든다는 점이었다.

아리가 출입문 쪽으로 걸음을 옮겼다. 나는 붙박인 채 내게 눈길을 보내는 보안요원을 쳐다보았다.

자리

공장장의 사무실 건물을 나서자 역시 보안요원일 법한 근로자가 나와 아리에게 다가왔다. 작업지시서였다. 아리의 자리가 이미 정해져 있었다. 히로의 자리. 놀랍지 않았다. 1212궤도에 여자 페달러가 배정되었다는 사실보다 놀라울 일은 없었다. 1212는 도시의 상징이고 남성들만의 성역이었다. 오늘로써 그 전설은 깨지고 말았다.

"도대체 어떻게 하자는 거야."

지시서의 다음 내용은 히로의 화장에 참관하라는 내용이었다. 사고가 발생하고 불과 두어 시간 흘렀을 뿐인데, 화장까지 결정이 되었다. 뭔가 중간 과정이 빠진 듯했다. 그런데 빠진 무언가를 생각해낼 수가 없었다. 누구에게라도 연락하고 같이 슬퍼하고 애도해야 하는 게 아닐까 하는 생각만 들었다. 그런데 누구를 애도하지?

"화장터에서 18시에 화장이 시작되니 시간에 늦지 않게 가시고 참관했다는 확인서에 직인을 받아오시면 됩니다. 확인서는 저희 요원들이 받으러 갈 테니 여기까지 안 오셔도 되고요."

요원이 건넨 건, 참관 확인서와 화장터의 구역을 표시한 안내지도 한 장이 전부였다. 오늘에서야 이 궤도의 도시에서 누군가 죽으면 참관을 해야 한다는 규정이 있다는 걸 처음 알았다.

"……그런 규정이 있었나요?"

딱히 아리에게 할 말이 없어 물었다.

"다른 사람들에게 들었어요. 죽거나 병들어도 같은 궤도의 페달러들이 참관하게 되어 있다는 말도 들었죠. 힘 좋은 페달러들을 빼간다는 말도 들은 적이 있어요."

나는 지도를 살펴보고 북쪽으로 길을 잡아 나가는 중이었다. 숙소를 가는 길이기도 하고 히로의 숙소를 만날 수 있는 길이기도 했다.

"누가 페달러들을 빼간단 말입니까?"

괜히 울화가 치밀어 올랐다.

"위쪽에서 빼가는 거 같던데, 저도 들은 소리라 잘은 몰라요."

어쩌면 히로는 풍문처럼 윗 라인에서 빼간 것인지도 몰랐다. 하지만 그를 빼갔다면 빼갈 만한 그럴듯한 이유를 찾을 수 없었다. 좀 엉뚱하다는 점만 제외하면 그는 여느 하급 페달러와 다르지 않은 때문이었다.

"1212궤도에서는 그런 일 없었습니다!"

나도 모르게 격앙된 목소리가 나왔다. 그러거나 말거나 그녀가 앞장섰다. 화장터까지 가야 한다. 궤도에 오르기 전에 서로 웃으며 얼굴을 봤는데, 세 시간 사이에 궤도에 머리를 처박고 죽었다니. 스스로 죽었단 말인가? 믿을 수 없었다. 나는 검은 하늘을 올려다보았다. 검은 하늘 너머에 희미한 빛이 느껴졌다. 지금이 낮인지 밤인지 구분할 수 없었다. 밤과 낮을 구분하지 않은 지 오래되었다. 궤도 내부의 천장도 도시의 하늘도 늘 어둠이었으니 그래도 가끔은 오늘처럼 어둔 하늘 뒤로 빛이 느껴졌다. 밤이라면 달일 것이고 낮이라면 태양이겠지, 본 적은 없지만. 나의 중얼거림이 기억을 깨웠다. 나는 걸음을 멈추었다. 아리도 기척을 느끼고 멈추었다.

'내 입에서 흘러나온 문장은 내 문장이 아니었다.'

히로가 하늘을 올려다보며 읊조린 말이었다. 브랜디를 마시거나 손바닥만 한 쪽지에 뭔가를 끄적거리거나 혹은 멍청히 서 있거나, 그럴 때. 구호를 주문처럼 무의식의 힘으로 읊어댔다. 문득 히로가 죽지 않았을지도 모르겠다는 생각이 들었다. 몇 년 페달 밟아보지도 못한 인간이…….

흔적

히로의 집 문의 비밀번호는 단순했다. 그의 궤도 넘버였다. '1212-50'은 그처럼 단순한 인간이었다. 분명한 목표를 좋아했던 인물이었던 것 같았다. 그 목표를 향해 돌진하는 순수한 인간이었다. 순수한 인간은 자살 따위는 하지 않을 터였다. 아니 순수한 인간이라 다른 페달러들보다 죽는다는 사실에 쉽게 전염되는 것일까. 나는 금방 나의 가정이 편협하다는 걸 인정했다. 누구든 스스로 죽을 수 있었다. 순수한 인간이든 타락한 인간이든.

대부분의 페달러 방들처럼 그의 방 역시 단순한 구조였으며 별다른 장식품 따위는 없었다. 책상 하나와 의자, 침대 하나 그리고 거리를 향한 창 밑의 세면장과 간단한 조리도구들. 낡고 낡은 물건들이지만 궤도의 도시에서는 그런 낡은 물건들조차 구하기가 쉽지 않았다. 잠깐 그의 의자가 욕심이 났지만, 손을 댈 수 없었다. 죽은 페달러에게 연고자가 없는 경우 그의 물건은 모두 도시의 소유가 된다는 게 규칙이었다.

"이거 하나는 안 빠르네."

물건들을 치우지 못한 건 도시의 시스템이 순발력이 부족해서가 아니라 절차가 간단하지 않은 때문일 터였다. 히로의 죽음과도 같은 문제에는 도시 관리인이 관여할 수 없었다. 보안요원들이 담당했는데, 그나마 보안요원들은 일 처리에 있어서 느린 편이었다. 그건 관리하거나 관리해야 할 사람들이 많다는 말이기도 했다.

나는 맥없이 그의 방을 둘러보았다. 반들거리는 냄비가 눈에 들어왔다. 얼마 전에 냄비를 새로 장만했다며 자랑했다. 이제 냄비의 주인이 바뀌겠지.

"도대체 여길 뭐하러 온 거예요?"

아리가 물었다.

"나도 모르겠네요. 그냥 와 봐야 할 거 같아서."

내 눈은 그의 책상 위로 더듬어 나갔다. 궤도의 관리규약, 도시의 규율, 성심의 반응, 궤도 응급처방, 페달러와의 조우……

페달러들이라면 거의 가지고 있는 책들 끝에 긴 못이 하나 삐져나와 있는 게 보였다. 그 위에 손바닥만 한 크기의 낱장 종이들이 여러 장 꽂혀 있었다.

'자는 것도 지쳐, 이 말도 안 되는 책을 수백 번도 더 봤어. 안장에 오르는 규칙이 몇 번째 쪽 몇 번째 줄에 나오는지, 안장이라는 단어가 몇 번이나 나오는지 다 알 정도라고. 그래서 그냥 끄적거리기 시작한 거야. 양식은 없어. 뭐라 불러도 좋지만, 난 그냥 기록이라고 해두지. 페달러가 된 뒤부터니까 그리 오래된 이야기는 아니네.'

하루에 나누는 대화가 몇 마디 되지 않다 보니 그날 나누었던 대화들은 고스란히 녹음기처럼 되뇔 수 있었다. 근래의 일이라면 어느 단어 뒤에서 숨을 골랐는지까지 기억을 할 수 있었다. 그건 희한한 느낌이었다. 그가 죽었다는 소식을 듣고 공장장이 이런저런 질문을 할 때는 떠오르지 않던 순간들이 지금 확연하게 떠오르는 것. 장소에 따라 기억나는 이야기들이 다르다는 건 분명 좀 색다른 느낌이었다. 전엔 한 차례도 떠올리지 않았던 어떤 순간이 지금 이 순간 처음으로 같이 브랜디를 마시던 날을 떠올리도록 만들어주었다. 그가 무사하게 100일을 넘긴 날 축하의 의미로 브랜디를 마셨던 일이 있었다.

'별거 없어요. 그냥 하루 생활하면서 떠오른 단어들을 끄적거려 놓은 거니까요.'

페달러의 처음은 그처럼 성실했다. 세월이 흐르면 그게 성실함인지 타성에 젖어 그리 한 것인지 구분이 되지 않았다. 처음에는 감탄스러운 풍경도 점점 지루해져 가는 게 우리네 삶이었다. 지루한 풍경, 지루한 사람들, 지루한 노동, 지루한 하루……. 이 도시에서 지루하지 않은 건 한 계단이라도 올라갈 수 있다는 폭력적인 희망밖에 없었다. 그쯤 되면 인간은 누구나 자극적인 일에 몰두하게 되지 않을까. 나는 한때 열심히 자위에 몰입했다. 쾌락이 즐겁다기보다 상상하는 일이 즐거웠다. 하지만 가장 자극적인 상상조차도 지루함에 금방 매몰되어 버렸다. 이 도시에서 지루함에 갇힌 나를 건져낼 수 있는 건 아무것도 없었다. 유일한 일이 있다면 그건 어쩌면 기록인지도 몰랐다. 히로는 누구도 하려고 들지 않는 일을 하고 있었다. 그래서 더더욱 그가 스스로 죽었다는 사실을 믿을 수 없었다. 아니 이해할 수가 없었다. 누구보다 페달러의 숙명에 강한 애착을 보인 인간이었다.

나는 힐끔 아리를 살폈다. 그녀는 히로의 숙소에 들어와 있는 게 불안한지 연신 문밖을 내다보았다. 나는 그녀의 시선이 거리로 향해 있을 때 낱장의 종이들을 못에서 뽑아냈다. 인쇄된 글

씨가 아니라 펜으로 직접 쓴 글씨가 담긴 메모였다. 글씨 쓰는 일이 드문 도시라 누구나 손글씨를 신기해했다. 나는 아리의 눈길을 외면한 후 종이들을 바지 주머니에 찔러 넣었다. 이유를 딱히 알 수는 없지만, 그 메모들을 보안요원들이 수거해가도록 두어서는 안 된다는 생각이 들었다.

"빨리 나가죠. 보안요원들이 오면 괜한 시비에 휘말릴지도 몰라요."

아리는 방 안을 서성거렸다.

나는 거리 먼 곳에 시선을 둔 채 벽장을 열어보았다. 방안의 풍경과 달리 벽장 안은 난장판이었다. 이불과 옷들이 뒤엉켜 있었고 벽장 위쪽을 선반에 쌓여 있던 물건들도 아무렇게나 널브러져 있었으며 벽장 맞은편 벽은 뜯어져 있기까지 했다. 나도 놀라고 아리도 놀란 눈치였다. 몇 번 얼굴을 대하진 않았지만 히로는 비교적 치밀하고 깔끔한 청년이었다. 뭐든 제가 아는 자리에 반듯하게 놓여있어야 직성이 풀리는 인간. 벽장 안의 풍경은 무질서하고 음험하고 위태로웠다.

"누가 이미 한 차례 다녀간 모양입니다."

아리가 곁에 와서 섰다.

"얼른 나가요."

나는 벽장 안을 뒤져보려 했고 아리는 내 팔목을 잡고 그의 숙소에서 나가려 했다. 내가 버티자 그녀의 손에 힘이 들어갔다. 나는 기를 쓰고 버텼지만, 그녀는 간단하게 잡아당겼다. 페달을 밟으며 10년을 다져온 근육들이 그녀의 팔 근육에 잠시 저항하다 백기를 들고 말았다.

아리는 문의 자물쇠를 걸고 거리 좌우를 빠르게 살폈다. 궤도에서 빠져나온 노동자들이 거리에 가득했다. 좌우 어디에도 보안요원은 보이지 않았다.

"당신은 벽장이 왜 그 모양인지 이유를 알고 있는 거 같은데?"

아리는 내 팔을 잡고 화장터 방향 쪽으로 끌고 갔다. 그의 숙소에서 백 보쯤 멀어졌을 때, 보안요원의 전동차가 경광등을 번쩍거리며 곁을 지나갔다. 전동차는 정확하게 히로의 숙소 앞에 멈추었다. 나는 두 손으로 아리의 손을 잡고 멈춰 섰다. 그녀도 멈추었다. 나는 그의 숙소 쪽에 눈길을 주었다. 거리를 지나가는 노동자들 사이로 물건을 들고나오는 보안요원들이 보였다. 한 요원이 자물쇠에 달라붙어 조작하는 모습도 눈에 들어왔다. 그들은 그의 숙소에 거침없이 들어갔다 나왔다? 어떻게 비밀번호를 알고 있는 거지? 나는 걸어왔던 길 쪽으로 한 걸음 내디뎠다.

그러자 아리가 다시 내 팔을 잡아끌었다.

"왜 그래요. 쓸데없는 데 관심 갖지 말아요."

나는 반듯한 아리의 뒤통수를 빤히 쳐다보았다.

화장터 남자

바람은 없었다. 거리 바닥을 쓸고 다니는 바람은 있지만, 하늘 쪽으로 높이 올라갈수록 바람은 머물지 않았다. 화장터의 건물 위로 끝 모를 높이로 솟은 굴뚝은 보이지 않았다. 굴뚝은 있지만, 연기가 나는지 바람은 지나가고 있는지 가늠이 되질 않았다.

나는 화장터에서 확인서에 직인을 받았다.

'1212-50 18시 사망. 1212궤도 공장장 확인.'

나와 아리는 화로 안으로 들어가는 관을 확인한 게 그의 죽음의 전부였다. 하지만 그의 얼굴을 볼 순 없었다. 그래서 의문은 흩어지지 않고 마음속에 똬리를 튼 채 꿈틀거렸다. 문득 그가 좋아했던 노래가 떠올랐다. 서글프거나 슬프지도 않았다. 애틋

한 감상도 들지 않았다. 왜 그런지 그가 차지했던 마음속의 어느 구석이 비워버린 기분도 들지 않았다.

"히로라는 사람 어떤 사람이었어요?"

아리가 물었다. 그녀는 옆의 벤치에 앉아 어둔 구름 속으로 사라진 굴뚝에 눈길을 주고 있었다.

"실은 소소한 취미나 기호 식품이 뭔지 알 정도지 그 이상은 잘 몰라요. 사실 페달러들이라는 게 특별한 삶 같은 게 없잖아요."

아리가 고개를 끄덕거렸다.

"이름이 뭐였어요?"

"히로."

"당신 이름은 뭡니까?"

"탁수!"

"그런데 그 궤도에서 하는 일 말이에요."

"페달러……."

"그래요. 페달러. 1212에는 페달러 중 여잔 정말 없나요?"

"1212에서 10년 페달을 밟았어요. 아니 10년은 밟았던 거 같아요."

"10년을 밟았던 거 같다는 말은 뭐예요?"

아리가 눈을 흘겼다. 그녀의 눈꼬리가 가늘어졌다.

"실은 그러니까 잘 기억이 나지 않는다는 거죠. 어떤 기억들은 분명하고 선명하게 기억이 나는데 어떤 기억들은 내 것인지 잘 모르겠다는 겁니다."

"그건……."

그녀는 뭔가를 더 말하려다 말았다. 궁금하지도 않았다.

"아무튼 그나마 기억나는 걸 말하자면 예전엔 467에서 페달을 밟았던 거 같아요. 다들 그렇게 위로 올라오니까. 아는지 모르겠지만 페달러는 100단위에서부터 시작해요. 거긴 지금에 비하면 그야말로 지옥이죠. 궤도에 들어가서 보면 알겠지만, 궤도 하나에 페달러가 적어도 200명씩은 배치되어요. 수시로 고장나고 어느 땐 톱니의 이빨이 부러지기도 하고 그래요. 거기서부터 위로 올라가는 겁니다."

"저도 그 정도는 알아요."

"그런데 중요한 건 내가 1200급에서 올라올 때까지 행운이 없었던 건지 여잔 한 번도 못 봤다는 거죠."

아리는 벤치에 의지했던 등을 거두었다.

"저도 반대했었죠. 1200 단위 궤도에 여자 페달러라니요. 그런데 이젠 남자가 모자란다네요."

"위의 결정이니 따라야 하는 거지만. 그리고 우리의 의견 같은 거 중요하지도 않지만 페달러의 일 지독해요. 다른 일과 달리 우리가 3시간씩만 일하는 게 노동의 강도가 엄청나기 때문이에요."

건물 입구에 화장터 관리인이 나타났다. 우리는 벤치에서 일어나 그에게 다가갔다. 관리인의 손에 한주먹 크기의 나무 상자가 들려있었다.

"히로입니다."

그가 내게 히로를 내밀었다. 히로는 페달러일 때도 작은 덩치였다. 관리인의 손바닥 위에 앉아 있는 히로는 작아도 너무 작았다. 나는 히로의 소멸을 실감할 수 없었다.

"보통 유골을 받아갈 사람이 없으면 오물수거장으로 보내는데 어떡하시겠어요?"

왠지 모욕적인 말처럼 들려 견딜 수가 없었다.

"보통은 그래요. 페달러들이 상당수가 연고자가 없으니까. 1200 궤도의 페달러들은 그래도 제법 가족들이 있다고 듣긴 했는데."

"히로는 없습니다.'

관리인은 내 얼굴이 굳어버린 걸 알아차린 듯했다.

"우리도 조금은 그 정도 존중은 할 줄 알아요. 우리한테도 윤리 같은 게 있으니까."

히로의 주변 모든 게 그의 죽음을 기정사실화하고 있다는 생각이 들었다. 나는 그가 건네는 히로를 받았다. 아직도 따뜻했다. 그래도 허벅지와 종아리는 튼튼했던 그였다. 그의 몸이 한 줌이 되었다. 모든 게 이렇게 귀결이 되고 말 것이라는 생각이 들자 우울해지기 시작했다. 그의 주검이 담긴 사진을 보았을 땐 슬프지 않았는데 지금은 견딜 수 없이 외로웠다. 히로는 내가 롤 모델이라고 말하곤 했다. 예전엔 생각나지 않았던 말들이 새록새록 떠올랐다. 내 기억보다 내가 히로와 자주 어울렸던 것인지도 모르겠다는 생각이 들었다. 코끝이 찡했다.

"그리고 이거."

관리인이 손톱만 한 크기의 둥근 물건을 내게 내밀었다.

"뭔지 잘 모르겠네요. 이 사람 화장하기 전에 귀 쪽에 들어 있길래 빼낸 겁니다."

끝이 둥글고 한 면은 미세하게 구멍이 숭숭 뚫린 물건이었다. 구멍 뚫린 부분은 절반쯤 피에 절어 있었다. 그건 이어폰이었다. 히로가 이어폰을 끼고 있었다?

"이게 뭐죠?"

아리가 물었다.

"이어폰 한쪽입니다."

"아, 뭘 집중해서 들을 때 쓰는 도구라는 거죠."

나는 관리인에게 더는 설명을 하진 않았다. 히로가 음악을 좋아했었지. 늘 음악에 대해 말했으니까. 하지만 지금은 히로에 대한 것들은 단편적인 기억들밖에 떠오르지 않았다. 그마저도 그와 연관된 무언가를 만나지 않으면 전혀 떠오르지 않았다. 억지로 뭔가를 기억해 내려 하면 할수록 머릿속은 백지가 되어버리곤 했다. 이어폰을 바지 주머니에 넣고 화장터 쪽을 바라보며 눈길을 주었다.

"우리 페달러들도 댁의 전설 같은 이야기 들은 적이 있어요. 왜 지난번 비상 때 말이에요. 전력이 바닥나기 일보 직전에 당신 혼자 궤도에 올라가 궤도를 돌렸다는 그 이야기 말이에요."

그런 일이 있었다는 게 기억났다. 전원을 저장하는 공급기가 낙뢰로 파괴되었고 갑자기 전력 누출이 발생했다. 거대한 양이었다. 무엇보다 병동으로 가는 공급선에 문제가 생겨 1212궤도의 페달러들이 다시 궤도에 올라가야 할 상황이었다. 작업이 끝난 지 불과 30여 분만의 일이었다. 숙소로 돌아가 몸을 닦고 침대에 쓰러져 혼곤해지는 그 시각 비상이 울렸다. 궤도에 다시 출근해보니 나와 있는 페달러라곤 나와 장대가 전부였다. 그리고 장대와 내가 안장에 올라가 페달을 밟기 시작했다. 그는 기진맥진해서 내려가 버렸고 결국 나 혼자 페달을 밟았다.

비가 쏟아지기 시작했다. 화장터 건물의 문이 열리고 사람들이 우르르 쏟아져 나왔다. 화장터의 페달러들. 하급 중의 하급 페달러들이었다. 그들은 고개를 푹 숙이고 우리 앞을 지나갔다. 몸에서 쉰내가 풍겼다. 그들은 대부분 몸의 근육들이 꺼져 구부정했고 맥없이 휘청거리며 걸었다. 관리인이 그들을 쳐다보았다.

"이놈은 또 뒤처지네."

관리인이 혼잣말을 중얼거리는 사이 화장터 건물에서 한 사내가 나왔다.

"저 새끼 아무튼……. 개인행동하지 말라고 백날 가르쳐도 소용이 없으니."

관리인이 사내 쪽으로 걸어갔다.

"같이 나오고 같이 들어간다. 몰라?"

관리인이 사내에게 소리쳤다. 아리와 내 시선도 사내에게로 향했다. 사내는 나와 아리에게 시선을 준 채 천천히 걸어왔다. 화장터의 다른 페달러들과는 뭔가 달랐다. 후줄근한 옷차림이었지만 어깨가 꺼지지도 않았고 고개를 뻣뻣하게 들고 걸었다.

머리는 백발이었고 볼이 꺼졌으며 이마와 눈가의 주름은 깊었지만, 눈만은 형형했다. 골격도 앞서 사라진 페달러들과 달리 큰 편이었다.

"화장터에 뭐 볼일 있다고 늦게 나오고 지랄이야, 지랄이."

사내는 관리인의 말에 귀 기울이지도 않았고 그에게 시선을 주지도 않았다. 사내는 나를 쳐다보고 있었다. 아니 나를 관통해 내 너머의 무엇인가를 뒤져보는 듯했다.

"빨리 안 가? 너 다시 한번 더 화장터에서 묵념하고 지랄하면 그땐 진짜로 해고해 버릴 거야."

사낸 그래도 천천히 걸음을 옮기며 내게서 시선을 떼지 않았다. 나도 그에게서 눈길을 뗄 수 없었다. 사내는 잠깐 아리에게도 눈길을 주었다가 거뒀다. 그가 내게서 멀리 벗어나 고개를 더 이상 돌릴 수 없을 때 그는 시선을 전방으로 향한 후 걸어 나갔다. 출입문이 작고 허름한 가옥으로 그가 사라질 때까지는 나는 그를 쳐다보았다.

"저 새끼만 아니면 우리 화장터는 평화로울 겁니다."

"무슨 문제라도 있나요?"

"보셔서 아시겠지만 찾아오신 분들을 불편하게 빤히 쳐다보잖아요. 한동안 안 그랬는데 오늘은 유독 심하네요. 그래도 잠깐 쳐다보고 마는데 오늘은 왜 그런 건지 모르겠네요. 아무래도 잘 라야 할 거 같아요."

"여기서 잘리면 어디로 가나요?"

"갈 데가 어디 있습니까. 거리밖에 없죠. 간혹 쓰레기 소각 장에서 받아주기도 하는데 여기서 내쳐지게 되면 소각장에서도 마찬가지지."

관리인이 손바닥을 비볐다. 그의 얼굴엔 좀 전에 우리 앞을 지나간 사내의 일 따위는 씻은 듯 사라져 버린 듯했다.

"온 김에 말입니다. 우리 궤도 좀 한번 봐주실 수 있나요? 페 달러들이 핀에 이상이 생긴 거 같다는데, 우리같이 무지한 인간 들이 알 수가 있어야죠."

관리인의 얼굴에 멋쩍은 미소가 걸렸다.

"본부에 요청하면 수리기사가 나올 텐데요."

"진즉 요청했죠. 아마 반년은 지났을 겁니다. 1212궤도에 오 르시는 분이라면 궤도만 봐도 딱 알지 않을까요?"

화장터 페달러들이 어둔 골목으로 사라지면서 우리를 힐금 거렸다. 나와 아리는 관리인의 안내를 받아 화장터 건물 안으로 다시 들어갔다. 아리에게 궤도에 대해 이해시키고 설명할 수 있 을 것도 같았다.

힘의 여자

궤도는 소형이었다. 화로에 불을 피울 수 있을 만큼 페달을 밟아주면 되는. 15인짜리 궤도였다. 늙은 페달러, 근육이 파열된 페달러, 신체 부상을 경험한 페달러, 병을 앓았던 경력을 가진 페달러들이 주축인 궤도였다. 큰 힘이 필요하지도 않았고 그만큼 받게 되는 급여도 형편없었다. 도시마다 그런 유형의 페달러들이 넘쳤다. 화장 한 번에 15명이 투입되어 페달을 밟았다. 길어야 30분 남짓? 그들에겐 그게 하루의 노동이었다. 어쩌다 도시에서 단 한 명도 죽지 않는 날도 있었다. 그럼 그들은 하루를 굶어야 한다는 말도 들었다.

궤도의 길이는 20미터 남짓 되었다. 몸의 절반은 지상에 올라와 있고 절반은 지하에 박혀 있는 구형 궤도였다. 앞 사람과의

간격도 좁았고 궤도 역시 무척 낡아 보였다. 계단을 내려가며 궤도를 살폈다. 관리인이 아래로 내려갔고 그 뒤를 나와 아리가 따라갔다. 궤도를 곁에 두고 지면으로부터 지하로 10미터 아래로 내려가다 보면 몸이 꺼지는 경험을 하곤 한다. 단지 지하로 내려갈 뿐인데 내려갈수록 몸이 무거워진다는 기분이 들었다. 구형의 작은 궤도들은 대부분 절반의 몸을 땅속에 처박고 있었다. 100단위의 궤도조차 못 되는 궤도들.

'자네만 알고 있어. 구형 궤도들 있잖아. 화장터나 오물수거장 그런 곳에 있는 궤도들 말이야. 물론 나도 거기서부터 시작했지. 남들이 날 더러 용 됐다고 말하는 건 그래서 아니겠어? 아무튼 이건 추측인데. 아래로 내려갈 때 보면 좌우 벽면 인테리어에 무수히 많은 빗금이 그려져 있잖아. 아래로 떨어지는 듯한 빗금들 말이야. 모든 궤도의 양쪽 벽면 인테리어가 그런 거야. 그 빗금이 우리들에게 몸이 꺼지는 경험을 하게 만드는 것 같네. 그건 반대로 바닥에 내려간 사람들로부터 위로 올라가려는 욕망을 강렬하게 자극한다는 게 내 생각이야. 아마 그럴 거야.'

지금은 어디에서 숨을 쉬고 있는지 알지 못하는 예전의 궤도의 전임자가 브랜디를 한 잔 사주며 내게 전한 말이었다.

아리도 유사한 증상을 느끼는 듯했다. 발을 헛딛기도 하고 무릎이 꺾이는 동작을 취하곤 했다. 초보자들이 궤도를 내려가며 겪는 일반적 증상이었다. 나는 지하로 내려가면서 궤도의 바퀴와 바퀴 사이 핀들을 살폈다. 깊이 들어갈수록 희미한 빛마저 점점 약해졌다. 손으로 더듬고 눈을 키워 톱니들을 살폈다. 톱니와 톱니를 연결하는 핀들을 잡아 주는 외형 골조의 틈이 많이 벌어져 있었고 그 틈 사이로 보이는 마찰 감소를 위한 베어링들도 조금씩 일그러진 게 보였다.

나는 관리인에게 설명한 후 덧붙였다.

"위는 볼 것도 없겠네요. 궤도는 보통 아래부터 망가지니까요. 이런 정도는 여기서 근무하는 페달러들도 충분히 알고 있을 텐데요."

"아시면서 그러세요. 여기 페달러들은 아무 의욕도 없어요. 그냥 서면 서는가보다 돌면 도는가보다 생각하는 거지. 꽤 여러 번 화장하다 궤도가 멈춰서 애먹은 게 한두 번이 아닙니다."

"그럼 그땐 어떻게 수리하셨는데요?"

"해머로 유독 힘이 들어가는 라인을 때리면 그냥 돌아가더라고요."

이미 폐기되었어야 마땅한 궤도였다. 말은 들었지만 그런 궤도들이 화장터 등에서 쓰이는 모양이었다. 낡은 채로 수리하진 않는 듯했다. 관리인은 부품을 요청해도 빠르면 반년이 지나야 부품이 왔고 늦으면 1년이 지나도 부품이 오지 않는다고 말했다. 그러니 점점 더 낡아질 수밖에 없었다. 사람이 죽든 말든 신경 쓰지 않겠다는 뜻일까. 하지만 그건 도시의 모순이었다. 사람들은 결국 죽으니까. 누군가는 죽은 사람을 처리해야만 했다. 원활하게 처리하려면 화장터는 문제없이 돌아가야만 한다는 게 내 생각이었다.

"저도 그렇게 생각해요. 문제가 생기면 불을 피워 해결하라는데, 지금이 석기 시대도 아니고 그게 말이나 됩니까? 게다가 수리 요청하면 요청은 다 받아주면서 말입니다."

애초 수리할 의사가 없는 궤도들이라는 말이었다. 내가 딱히 해줄 수 있는 말들이 없었다.

"편법이 하나 있긴 한데 해보시겠어요?"

전임자가 고안했던 방법이기도 했다.

"아주 작은 쇠구슬들을 구하세요. 그걸 조인트 안에 수시로 넣어주세요. 그럼 좀 낫습니다. 더 잘 돌아가고."

"그걸 어디서?"

"시장 골목에 가면 구할 수 있어요."

"그럼 그걸 제 돈으로 장만하라는 말인가요?"

나는 궤도에 관한 한 더 이상 할 말이 없었다.

"이 궤도 한번 올라가 봐도 되죠?"

내가 말했다. 관리인은 아리와 나를 번갈아 보며 고개를 끄덕거렸다. 아리는 내 얼굴을 쳐다보았다.

"시간이 없어요. 먼저 익힌다고 생각하고 한번 올라가 봐요."

주저하던 아리가 마지막 안장 위로 올라가 앉았다. 페달 위에 발을 올려놓고 발등 위에 놓인 벨트를 조였다.

"언제나 일정해야 해요. 그게 핵심이에요. 그리고 이 정도 궤도라면 움직이기는 해야 해요."

"긴장되네요."

관리인은 침을 삼켰다. 아리가 여자라는 사실을 그제야 인식한 듯했다.

"여자도 페달러를 할 수 있나요?"

관리인이 아리의 얼굴을 살피며 물었다. 어떤 답을 원하는 질문이 아니었다.

"밟아 봐요."

아리는 핸들을 힘주어 잡고 이를 앙다물었다. 오른발에 힘을 주는데 유니폼 바지 위로 허벅지 근육이 단숨에 드러났다. 내심 그녀가 한 바퀴도 돌리지 못할 거라 생각했다.

"밟으면 되는 거죠?"

아리가 전신에 힘을 주는 듯했다. 엉덩이가 살짝 들리는가 싶더니 페달이 아래로 내려가기 시작했다. 두 바퀴, 세 바퀴, 네 바퀴……. 그녀는 막힘없이 앞으로 질주했고 놀랍게도 궤도가 움직였다. 폐인이다시피 한 페달러 15명이 달라붙어 돌릴 수 있는 궤도였다. 장대나 나 역시 쉽지 않은 일인데 그녀는 간단하게 궤도를 돌렸다. 관리인은 입을 벌린 채 다물지 못했다.

'여자들이 궤도에 오르는 건 이제 시간문제가 되겠군.'

이번에는 그녀를 데리고 지상으로 올라와 궤도의 꼭대기로 올라갔다. 궤도를 끌어올리는데 핵심 역할을 하는 자리였다. 가장 힘이 많이 들어가는 자리였다. 아리나 관리인도 그쯤은 알고 있는 듯했다.

"아니 제가 이 자리를 어떻게 올라갈 수 있나요."

나는 눈으로 1호 안장을 가리켰다. 소규모의 궤도에는 마스터의 방이 없었다. 이런 궤도는 보는 것도 오랜만이었다. 그녀는 마지못해 안장에 올라탔다.

"돌려봐요."

내 말이 끝나기 무섭게 그녀는 페달을 밟았다. 힘차게, 엉덩이를 좌우로 흔들어대면서 페달을 밟아댔다. 궤도의 톱니가 맞물리면서 신음을 내기 시작했다. 힘이 전달되기 전까지 몸을 떠는 신호였다. 톱니와 톱니가 맞물리는 속도가 빨라지기 시작하면 신음은 줄어들고 경쾌한 소음이 찾아왔다. 때론 팝의 경쾌함으로 어느 땐 블루스의 리듬으로도 찾아왔다. 15인이 돌릴 수 있는 궤도가 아리 혼자의 힘으로 돌고 있었다. 나와 관리인은 혼을 잃은 채 그녀의 허벅지 근육들과 어깨의 근육을 바라보았다. 궤도는 흔들림 없이 돌았다. 핀과 핀 사이에 일그러진 채 박혀 있는 쇠구슬들이 그녀의 힘을 경배하듯 움직여주었다. 어긋날 틈을 주지 않을 정도로 빠른 속도로 돌리면 간혹 부품들이 스스로 제 자리를 찾아간다는 말을 들었다. 궤도의 속도가 더 빨라지면서 우중충하던 천정의 등이 환하게 밝아졌다. 거의 죽었다고 판단했던 궤도가 살아 숨 쉬며 꿈틀거렸다.

"이렇게 돌리면 되는 건가요?"

그녀가 궤도 위에서 내려오며 물었다. 1212궤도의 남자들에게 여자가 페달러로 오게 되었다는 걸 설득시키는 데 그리 어렵지 않겠다는 생각이 들었다. 나는 관리인이 건넨 유골함을 품에 안아 들다가 무심결에 한 마디를 내뱉었다.

"이 친구 얼굴 봤어요?"

관리인이 손을 내저었다. 지금까지 만난 사람들 중에 죽은 히로의 얼굴을 본 사람은 아무도 없었다는 사실을 깨달았다. 공장장이 보던 사진 속의 히로도 사진 속의 히로일 뿐 진짜 그였는지 확인할 수 없는 일이었다.

"죽은 사람 얼굴 보는 걸 누가 좋아하겠습니다."

"그래도 당사자가 맞는지 확인하게 되어 있잖아요."

"서류만 보면 됩니다. 서류에 모든 게 쓰여있잖습니까. 아시겠지만 저희도 정말 피곤합니다. 말 안 듣는 페달러들 관리해야지, 말썽부리는 궤도 수리해야지, 상부에 보고할 서류들 산더미처럼 쌓여 있는데 그거 정리해야지……. 사실 화장증명 서류 들여다볼 시간도 없습니다. 그래도 히로 이 페달러는 1212궤도에서 온 페달러라 서류 하나만은 꼼꼼하게 들여다봤습죠. 좀 마르고 턱이 각진 얼굴인 데다 가는 입술을 가졌고, 반곱슬머리 아닙니까?"

그랬나? 엉뚱하게도 난 그의 얼굴에 대해 관리인처럼 명확하게 말할 수 없을 거 같았다. 그는 히로의 주검을 본 게 아니라 사진만 본 거였지만 그는 진짜로 그를 보았다는 생각이 들었다.

"그 정도면 정말 꼼꼼하게 들여다본 겁니다. 도시 다른 화장장 관리인이 서류라도 나같이 들여다보는 줄 아십니까? 밑에 직원들 시키고 말지요."

관리인은 장황하게 설명했다. 원칙을 어긴 때문이었다. 화장을 하기 전 주검과 사진을 확인한다.

"사실 아시겠지만 확인하는 게 무의미한 일이잖습니까. 내가 확인한다고 해서 죽은 인간이 다시 살아나는 것도 아니고 말입니다."

나는 그저 고개를 끄덕거렸다.

"위에서도 다들 관행처럼 그런 줄 압니다. 그리고 죽은 인간 얼굴 보면 얼마나 섬뜩한 줄 아십니까? 그냥 섬뜩하고 말면 다행인데 한 며칠은 재수가 없습니다. 아 막말로 제가 스트레스받아서 여기 화장장 관리에 문제가 생기면 냉동고에 시체가 쌓이게 될 텐데 그땐 감당하기 어려울 수도 있는 일 아니겠습니까? 한 100년 전엔가 화장장 궤도들 여러 개가 일제히 고장나는 바람에 강물에 시신을 버렸다는 말을 들은 적이 있습니다. 이 도시에서 그만한 비극이 또 어디 있겠습니까. 그래서 화장장을 동일 전력 라인이 아닌 개별 전력 라인으로 나눈 거긴 하지만. 북쪽 화장장은 분리를 시켰는데도 걸핏하면 궤도가 선다고 합니다. 거기 가보면 아시겠지만, 서류 같은 거 들여다볼 시간도 없을 겁니다. 제 고충도……."

나는 슬며시 눈을 감았다. 이해한다는 뜻이었고 이런 상황을 말하지 않겠다는 뜻이었는데 관리인은 다행히 빨리 알아차렸다. 관리인은 돌아서는 나와 아리에게 허리를 90도 가까이 꺾어 인사를 했다.

"궤도에서 궤도로! 귀하의 노고에 경의를 보냅니다!"

나는 잠깐 걸음을 멈추었다. 평생을 들어서 물리던 말이 오늘은 신선하게 들렸다. 하지만 그 이유는 알 수가 없었다.

II
또 다른 오류들

- ●
- ●
- ●
- ●
- ●

낯설면서도 신선한

볼 때마다 느끼는 것이지만 1212궤도의 위용은 위압적이었다. 도시의 핵심은 1200급 궤도였다. 1200궤도가 돌지 못하면 도시는 암흑과 다를 바 없었다. 다른 단위의 궤도들은 관공서 정도에 전기와 물을 공급하는 데 지나지 않았다. 1200급 궤도가 돌아야 비로소 지하에서 흐르는 물을 끌어올리고 거리의 등을 밝히고 집안의 전기를 공급했다. 1200급 궤도가 돌아야 병원도 학교도 정상적으로 운영이 되었다. 그 1200급 궤도들 가운데 1212궤도는 페달과 톱니의 크기가 가장 컸다. 1212궤도 하나만으로도 도시 전체의 전등에 불을 밝힐 수 있었다.

나는 마스터 방 쪽을 올려다보았다. 유리천장에서 쏟아져 내린 희미한 빛들이지만 궤도의 머리를 반들거리게 하는 데에는 부족함이 없었다.

궤도로 올라가는 계단 입구에 장대가 보였다. 장대는 광장에서부터 내내 내게 시선을 주고 있었다. 사실 그의 눈이 집요하게 바라보는 건 아리일 터였다.

"저 사람은 누구죠?"

아리가 물었다. 그녀에게서 갓 따른 오일 냄새가 났다. 어젠 맡아보지 못했던 냄새였다.

"내 뒤 안장의 남자요."

나는 시선을 위로 둔 채 대답했다. 그녀가 깊이 들이마셨던 숨을 길게 내뱉었다. 내가 잠깐 걸음을 멈추었다.

"긴장되네요. 이 도시의 핵심인 두 분을 만나게 되다뇨."

"우린 그저 페달만 밟는 사람들입니다. 그렇게 거창한 존재는 아니에요."

"선배님이나 저분은 모르시겠지만, 선배님이나 저분은 사실 이 도시의 시작과 끝이라고들 말해요. 그저 페달러이지만 도시의 심장과도 같은 존재라고들 생각하고 있어요."

"마스터들이 있잖아요."

"마스터를 본 사람들이 없잖아요. 그리고 그 사람들은 페달을 밟는 건 아니라고 하던데."

"누가 그래요?"

"그냥 소문이 그래요. 그렇지 않으면 굳이 방을 만들어서 감출 필요가 뭐가 있겠어요. 방 안에서 잠을 자는지 노닥거리는지 아님 망상에 빠져 멍청히 앉아 있는지 모르잖아요."

나는 걸음을 멈추었다.

"나도 곧 마스터로 올라갈지도 몰라요. 물론 난 가지 않겠다고 말했지만."

"죄송해요. 소문이 그렇다는 거죠."

"다시 한번 말씀드리는데 충분히 해낼 수 있을 겁니다. 괜한 염려 같은 거 하지 말아요."

아리의 눈이 불안하게 굴러다니는 걸 놓치지 않고 보았다.

"도저히 할 수 없을 거 같아요."

"페달러가 힘만으로 되는 건 아니지만 힘으로 치면 나나 장대의 힘에 거의 근접해 있어요. 다만 나는 댁의 생각을 결정할 수 있는 위치가 아니라는 거죠. 위의 결정이니 위에 이야기를 하세요. 별 소용은 없겠지만."

아리는 나를 쫓아다니며 꾸준히 투덜거렸다. 그녀 때문에 공장장을 다시 만나기도 했다. 공장장은 원칙의 말들만 늘어놓았다.

'왜? 1212에 여자를 들인 적이 없어서? 아리가 부끄러워할 거 같아서? 아니겠지. 남자들이 더 부끄러운 거겠지. 이 도시에서 가장 무거운 역기를 들었던 여걸이야. 그 전에 이제 남자를 조달하는 건 한계에 다다랐어. 이게 순리이기도 하고. 여자가 나약한 존재라는 걸 아리가 단박에 부숴줄 테니까 쓸데없는 소리 하지 말고 밀고 나가.'

그녀가 남자들의 세계 속으로 들어와 부끄러움을 느낄까 봐서가 아니었다. 다만 그녀가 남자들의 세계를 이해할 수 있을지 자신할 수 없었다. 남자들의 직관과 호흡을 여자가 따라올 수 있을지, 어느 순간 동체가 되는 남자들 속으로 그녀가 들어올 수 있을지 장담할 수 없었다. 한 궤도의 페달러들은 하나의 호흡으로 움직였다. 비슷한 체취를 가지고 있고 비교적 단순한 사고를 가진 남자들 속에 전혀 다른 체취와 무슨 생각을 하는지 알 수 없는 여자가 들어온다는 건 궤도에 낙뢰를 맞은 일과도 비슷했다.

화장터의 15인용 낡은 궤도와 1212궤도는 달랐다. 그리고 1200급 궤도의 페달러들은 소수 몇몇을 제외하곤 수십 년 궤도를 돌린 남자들이었다. 수천 대의 궤도가 이 도시를 유지하고 있고 그 궤도를 돌리는 건 수십 년 동안 남자들의 몫이었다. 언제부턴가 하급 궤도부터 여자들이 페달을 돌리기 시작하더니 급기야 1212에도 여자 페달러가 들어왔다. 1200급 궤도의 유일한 여자.

아리는 계단을 올라가며 1212 궤도에서 내려다보이는 전망에 넋을 잃은 듯했다. 그녀는 물결치는 궤도의 군집을 보며 서서 꼼짝도 하지 않았다. 장대가 몇 계단 내려와 우리를 맞이했다.

"다른 페달러들은 아직 안 나온 모양이지?"

"웬걸. 다들 나와 있는데."

나는 장대의 시선을 따라 고개를 움직였다. 누군가 손을 움직인 듯했는데, 손이 움직였다고 느껴진 공간에 시선을 집중했다. 궤도의 중간쯤 되는 부분에 사람이 보였다. 그를 중심으로 사선의 위와 아래를 천천히 살폈다. 빈 공간마다 사람들이 서 있거나 앉아 있었다. 마치 궤도의 일부인 것처럼. 아니 그들은 이미 궤도의 일부였다. 아리는 페달러들이 곳곳에 궤도의 부품처럼 앉아 있는 걸 확인하고 어깨를 떨었다. 유니폼의 색깔과 궤도의 전체적인 색감이 비슷하기 때문만은 아니었다. 페달러들의 피부는 물론 옷과 심지어 눈동자까지도 궤도의 색감이었다. 기이한 일이지만 나는 오늘 그 사실을 새삼 깨달았다. 나 역시 푸른 얼굴에 푸른 피부와 눈을 가지고 있겠다는 생각이 들었다.

"여자 페달러가 온다니까 다들 구경하러 일찍 나온 거지. 1212궤도뿐만 아니라 다른 궤도에서도 댁 구경하려고 남자들이 몰려와 있어."

나는 가까운 곳에서부터 먼 곳으로 시선을 보내며 눈길을 주었다. 궤도와 궤도를 구분하는 안전 펜스 너머에 멀리 보이는 계단이나 난간 등에도 페달러들이 달라붙어 1212궤도 쪽으로 눈길을 주고 있었다. 심지어 뒤에도 궤도를 보호하는 펜스에 기대거나 바닥에 주저앉은 채 아리를 구경하는 사람들로 공간이 채워져 있었다. 그들의 눈에서 빛이 났다. 아리의 입에서 비명과 비슷한 신음이 흘러나오자 페달러들이 일제히 작은 탄성을 질렀다. 탄성의 소리들이 모여 작은 물길을 만들었고 물길이 모여 커다란 여울을 이루었다. 여울은 다시 막을 길 없는 파도가 되어 내 가슴 속으로 밀려들었다.

나는 무릎이 꺾여 털썩 주저앉으려는 아리의 손을 잡아 주었다. 머뭇거리던 장대도 장갑 낀 손을 내밀었다가 거뒀다. 사방에서 작은 소란이 일었다. 아리에게로 향했던 시선을 정리하는 말소리들이 들렸다. 위치로! 아리가 손을 빼내려고 했다.

"손잡아요. 궤도에 오르는 순간부터 본인을 여자라고 생각하지 말아요. 남자와 여자로 나누는 순간 우리 1212에 균열이 생길 수도 있어요. 당신은 그냥 페달러예요."

그녀는 망설였다. 나는 그녀의 손을 힘주어 잡았다. 그녀를 1212에 보낸 공장장의 의도를 나는 알고 싶지 않았다. 나는 여전히 믿지 않지만, 믿어지지 않지만, 히로가 죽어 이미 한 줌의 재로 변했다는 소식을 다들 알고 있었다. 그의 죽음을 덮는데 여자 페달러면 충분했다. 페달러의 눈 속에서 더 이상 히로를 볼 수 없었으니.

"내가 신경을 곤두세워 잡아본 것이라곤 바벨의 역기봉이 전부예요."

"그럼, 역기를 하는 거라고 생각하면 돼요."

"얼른 일어나요. 작업에 들어가야 하니까. 이제부터 당신도 페달러예요."

나는 장대 뒤에 있는 안장을 가리켰다. 그녀는 알지 못했다. 공장장의 배려라는데 그녀에게 배정된 자리는 배려가 아니라 파격이었다. 1212궤도의 페달러들 모두가 그녀가 온다면 당연히 히로의 안장에 앉을 것이라 생각하고 있었다. 결국 장대 뒤로는 한 자리씩 물러나야만 했다.

'장대 뒤에 앉혀.'

'그건 좀……. 장대도 이해하지 못하겠지만 다른 페달러들

이 가만히 있지 않을 겁니다. 분명 다른 페달러들도 반발을 할 겁니다.'

'나도 알아. 자네랑 장대만 불만 없으면 돼. 장대 뒤에 앉혀.'

'다른 페달러들은……'

'이미 소문 다 났어. 화장터 궤도를 혼자서 돌렸다고. 그리고 다들 알고 있잖아. 아리가 역도 선수라는 거 말이야. 자네랑 장대가 무마해주면 다른 페달러들은 별말 없을 거야.'

나는 장대 뒷자리를 내주면 페달러 사이에 균열이 생길 수도 있다고 말했다. 처음엔 히로의 자리로 들어가라고 하지 않았느냐고 따졌다. 하지만 공장장은 오히려 남자들의 승부욕을 자극해 더 단합이 잘 될 수도 있다고 대꾸했다. 공장장은 페달을 밟아본 적이 없는 유형의 인간이었다. 맨 위 페달러의 호흡이 그다음 자리의 페달러에게 전달되고 연이어 아래로 전달된다는 걸 알지 못했다. 그 호흡이 남자에서 남자로 이어지다가 남자에서 여자로 이어지는 것이었다. 그리고 다시 남자로. 그걸 설명할 수가 없었다. 아리에게도 설명할 길이 없었다. 그런데 나의 예상은 빗나갔고 페달이라곤 한 번도 밟아본 적이 없는 공장장의 생각이 적중했다. 페달러들이 침묵했던 것이다.

"아니 이게 뭔가요? 제가 왜 이 자리에 앉는 거죠?"

"위의 결정이니 나는 모릅니다. 공장장의 결정이에요."

장대는 못 본 척 딴청을 부렸다.

"잠깐만요. 이건 뭔가 잘못되었어요. 공장장에게 다녀와야겠어요."

"그럴 시간 없어요. 가더라도 궤도 다 돌리고 가야 합니다. 30분 후면 1212가 돌아야 해요."

"아니 나도 다른 사람들처럼 100급부터 천천히 올라와야 하는 거잖아요. 그런데 느닷없이 1200급부터 들어가라 해서 오긴 왔어요. 하지만 그땐 히로라는 분 자리에 앉는 걸로 알고 있을 때였죠. 이건 있어서는 안 될 일이라고 생각해요. 처음부터 1200급의 궤도를 타는 것만으로도 다른 페달러들에게 미안하고 죄송한 일인데……."

"다 이유가 있을 겁니다. 나도 좀 놀랍고 파격적인 일이긴 해요. 아니 지금까지 궤도의 역사 속에 이런 인사는 없었던 거 같아요. 그래도 위의 결정이니까 따르는 겁니다. 그리고 댁은 그럴 만한 자격이 충분하다고 생각해요. 처음엔 그저 힘 좀 쓰는 여자라고만 생각했는데 댁은 이 도시의 영웅이더군요. 용상 세계기록 보유자라는 걸 공장장을 통해 알았어요. 우린 사실 스포츠 같은 것엔 관심 두지 않고 사는 종족들이거든요."

"그건 그냥 역도일 뿐이에요. 궤도와는 너무도 다른 일이라고요."

"아무튼 시간 없어요. 그리고……. 다른 특별한 이유도 있을 거 같아요."

장대가 자신의 자리 근처로 발걸음을 옮기기 시작했다. 무표정한 그의 얼굴에서 그의 속내가 보였다. 결국 버티지 못하고 나가떨어질 거라 예상하는 듯했다. 어쩌면 다른 페달러들 역시 수년 동안 이어져 온 똑같은 일상에 잠깐 발생한 이벤트라 생각하고 있는지도 몰랐다.

"궤도는 한 명이라도 빠지면 돌아가지 않아요. 그게 룰이에요. 그리고 1212는 돌지 않으면 안 되는 궤도예요. 다른 궤도와는 다른 궤도라는 건 알고 있죠?"

나는 더는 말을 잇지 않고 구불구불한 계단을 타고 내 자리 쪽으로 올라갔다. 계단이 꺾일 때마다 좌편의 궤도 밭과 우편의 궤도 밭이 번갈아 나타났다.

'다른 궤도도 많은데 왜 하필 1212인가. 히로의 자리를 대신할 수 있는 페달러들은 많지 않은가.'

나는 아직도 공장장을 이해할 수 없었다. 아리가 내 뒤를 따라 오는 소리가 들렸다. 그리고 페달러들의 숨과 눈길이 그

녀를 쫓고 있다는 것도 느꼈다. 새로운 페달러 한 명이 온 것과
는 다른 변화였다. 여자였으며 자리 또한 파격을 넘어선 파괴
수준이니.

"저기요, 그냥 앉아서 페달만 돌리면 되는 건가요?"

"화장터에서 해봤잖아요. 하지만 여기 페달은 좀 다를 거예
요. 여러 문제들도 발생할 거고 역기를 들 때와는 전혀 다른 느
낌도 들 겁니다. 제가 설명해 주는 건 한계가 있어요. 직접 밟아
보세요."

"아니 그게 아니라 제가 실수라도 하면 어쩌죠?"

"그렇다고 돌아야 할 시간에 궤도가 멈춘 적은 없어요. 사람
의 힘을 바탕으로 돌리는 일이다 보니 이런저런 변수가 생기기
마련입니다. 그럴 때마다 궤도가 멈추었다면 이 도시는 암흑 속
에 있었을지도 모릅니다."

"그럼 그런 경우가 생기면……."

"그 사람의 노동량까지 다른 페달러들이 분산시켜 밟아주니
까 걱정하지 말아요. 빨리 적응하는 게 문제이긴 하지만. 아무튼
말로 설명할 수 없어요."

"분배를 한다는 게……."

"다른 페달러들이 부족한 힘을 직관적으로 분배하는 겁니다.

오랜 시간 페달을 밟다 보면 그런 순간이 와요. 어디서 힘을 주어야 하는지, 빼야 하는지. 몸으로 익으면 이론 같은 거 필요 없어요. 다만 호흡이 잘 맞아야 한다는 건 변함없지만."

나는 더 이상 올라갈 곳이 없는 마지막 안장의 발판에 올라섰다. 장대가 나를 힐금 쳐다보았고 그의 어깨너머로 아리가 보였다. 그녀가 잠시 망설이다가 안장에 앉았다. 이 도시에서 살려면 누군가의 결정을 그대로 수용해야만 한다는 사실도 오늘 비로소 깨달았다. 나도 어쩌면 내 의지와는 무관하게 페달러가 되었던 것이었을까. 작업 시작 준비를 알리는 사이렌이 울려 퍼졌다. 페달러들이 일제히 손잡이를 잡고 목을 돌리거나 발등의 페달 걸이를 점검하기도 했다. 그래도 그들의 시선은 아리에게 쏠려 있었다. 나 역시 뒤를 보고 있진 않았지만 모든 신경이 그녀에게 쏠려 있었으니까.

들숨과 날숨

    도시에서 가장 위대한 궤도로 알려진 1212. 오랜 세월 직선적이며 딱딱하고 거칠었던 숨이 달라졌다. 페달과 톱니를 통해 전달되는 페달러들의 호흡이 달라진 걸 느낄 수 있는 사람은 장대뿐이었다. 밑에서부터 위로 올라오는 바람 속에 예전엔 맡아보지 못했던 체취가 실려있기도 했다. 손가락 끝의 힘을 약화시키고 발바닥에 고인 긴장에 금을 그었다. 어쩌면 공장장이 아리를 내 뒤에 앉히겠다고 말했던 것도 이런 연유 때문일지도 몰랐다. 여자의 체취 때문에 페달러들이 흔들리는 건 용서할 수 없었을 테지.

    페달의 무게감도 달라졌다. 묵직했던 페달이 말랑말랑해졌다. 예상하지 못했던 일이었다. 그와는 반대로 페달을 밟는 무게

감은 더 무거워졌고 깊어졌다. 가벼움과 무거움이 충돌했고 딱딱함과 부드러움이 충돌했다. 날숨과 들숨이 섞이기도 했으며 분명한 색감의 체취가 사라져버렸다.

페달이 내려갈 땐 끝이 어디인지 알 수 없는 어둠으로 빨려드는 기분에 사로잡혔다. 페달이 올라올 때는 전신을 조여 오는 압박에 정신을 잃을 정도였다. 장대와 아리를 제외한 나머지 페달러들의 다리에서 한 호흡 정도의 힘이 빠져나간 듯했다. 내가 날숨을 쉴 때 뒤의 페달러들도 날숨을 쉬었고 내가 들숨을 쉴 때 들숨이 따라왔다. 하지만 아리가 세 번째 안장에 앉아 숨이 섞이고 만 후 페달러들의 호흡이 달라졌다. 오른발이 내려갈 때의 호흡과 왼발이 내려갈 때의 호흡이 똑같았는데 지금은 미세하게 차이가 났다. 리듬이 갖추어지지 않은 호흡도 넘어왔다. 아리의 호흡이었다. 종아리근의 말단들이 하나둘 터져나간다고 느낄 즈음 등 뒤에서 전혀 색이 다른 강한 호흡이 올라왔다. 역시 리듬이라곤 없는 아리의 호흡이었다. 나는 타이머를 힐끔 쳐다봤다. 첫 번째 작업 시간이 마무리되려면 족히 20분은 넘게 남아있었다. 문득 출근하며 아리가 했던 말이 떠올랐다.

"화장터에서 페달을 밟았을 때 근육의 끝 마디마디에 궤도의 무게가 전달되더군요. 관중들 앞에서 역기를 들 때 느끼는 무게와는 색깔이나 농도가 달랐어요. 역기를 드는 시간은 빛을 드는 시간이었다면 궤도의 페달을 밟는 시간은 어둠을 드는 시간이었다고나 할까."

어둠을 드는 시간. 그녀는 지금 어둠을 들고 있는 중일까. 전에 없이 페달이 무거워졌고 안장에서 엉덩이를 떼는 횟수도 잦아지고 있었다. 나는 발가락에 힘을 주기 시작했다. 묵직하면서도 몸 전체가 어디론가 빨려 들어가는 듯한 느낌 때문에 어깨가 휘청거렸다. 깊이를 알 수 없는 어둠으로 허우적거리며 발을 옮기는 기분도 들었다.

나는 사념들을 털어내고 페달을 밟는 일에만 집중했다. 전체 호흡에 리듬이 생기는 순간 궤도는 소음조차 내지 않고 돌아갔다. 아리에게는 첫 번째 작업이지만 호흡이 흩어지지 않고 연결되기 시작했다.

나는 페달을 통해 전보다 더 뜨거워진 페달러들의 온기를 느꼈다. 그제야 나는 고개를 들고 궤도 밖의 어둔 거리와 유리천장을 바라볼 수 있었다. 얼마의 세월이 흘러야 한순간도 흐트러짐 없는 호흡이 톱니에 고일 것인가. 작은 궤도이긴 하지만 화장터 궤도를 혼자 힘으로 돌릴 수 있는 정도라면 그리 오랜 시간이 걸리지는 않을 것 같았다. 반면 남자 페달러들이 호흡을 잃어버릴

지도 몰랐다. 힐끔 타이머를 쳐다보았다. 허벅지의 근육들이 경련을 일으키기 시작했다. 종아리근은 그런대로 버텼다. 골반을 붙잡고 있는 근육들이 떨기 시작하더니 엉덩이 전체로 궤도의 압박이 서서히 전달되었다.

목이 타고 종아리근이 갈라지는 듯한 통증이 몰려올 때 첫 번째 사이렌이 울렸다. 거친 호흡을 가다듬고 속도를 조절하는 동안 작업의 마무리를 알리는 두 번째 사이렌이 울었다.

"내려와요."

아리는 페달에 발을 얹은 채 멍하니 앉아 있었다. 장대도 내려서서 그녀가 내려서기를 기다렸다.

"얼른 내려와요. 당신이 내려와야 뒤의 페달러들이 내려올 수 있어요."

아리는 뒤를 한 차례 살핀 후 서둘러 안장에서 내려왔다. 그녀의 얼굴은 땀으로 번들거렸다. 그녀는 옆구리에 차고 있던 수건을 들어 땀을 닦았다.

"뒷사람들 호흡이 들렸어요?"

내가 물었다.

"호흡이요? 전혀……."

"처음이라 못 들었을 거예요. 빠른 사람은 두어달 만에 페달러 전체의 호흡 소리를 들어요. 아리 씨는 좀 더 빠를 거예요. 그리고 지금은 페달을 밟는 속도가 너무 빨라요. 그러면 마지막 라운드에 발을 올릴 수도 없어요."

알게 모르게 조금씩 휘청거리는 페달러 때문에 하체 전반에 통증이 몰려왔다. 하지만 기분 좋은 저항이었다.

"호흡을 느껴야 하나요?"

"처음엔 느낄 수 없을 겁니다. 느끼려면 최소한 두세 달은 지나야 할 겁니다."

"그냥 호흡만 느끼는 건가요?"

나는 계단에 엉덩이를 걸치고 앉았다. 주머니에서 담배를 꺼내 물었다.

"여기서 담배를 피워도 되나요?"

"도시 곳곳이 금연이지만 페달러들이 노동하는 지역은 예외입니다. 혹시 담배 피워요?"

"무릎 다치고 잠깐 피우긴 했는데, 끊었었는데 지금 몹시 피고 싶네요."

나는 그녀에게 담배를 건넸다. 불을 붙여주고 계단 턱에 등을 기댔다. 내 입에서 구름의 형상을 띤 담배 연기가 흘러나왔다.

"도대체 무슨 호흡을 느껴야 한다는 건지 감이 오질 않아요."

"소리도 들리지 않았나요?"

소리는 들었을 터였다. 궤도의 톱니바퀴와 톱니바퀴가 서로 몸을 비벼대는 소리. 그건 비에 젖은 거리를 걷는 소리와도 흡사했고 땀에 젖은 몸의 관절과 관절 사이가 삐걱대는 소리 같기도 했다.

"소리부터 들리기 시작할 겁니다. 그 소리는 100급의 궤도에서부터 배우는 겁니다."

나는 지금도 그녀가 1200급 궤도의 상급 자리에 앉아 있다는 걸 실감할 수 없었다. 여자이어서가 아니라 순리를 단숨에 뛰어넘었기 때문이었다.

"실은 우리도 그래요. 대다수가 그렇게 여기까지 올라온 거죠. 하지만 히로는 조금 달랐어요."

"다르다니요?"

"충분히 힘이 되는 데도 일부러 그러는 것처럼 호흡을 맞추지 않았어요."

"왜 그랬죠?"

"살아있다면 물어보겠는데 지금은 알 수가 없네요. 암튼 괴짜였어요. 일주일 만엔가 우리 호흡의 리듬을 따라왔으니까요.

지금도 그가 죽었다는 게 믿어지지 않아요. 나뿐만 아니라 우리 궤도 페달러도 그렇고 도시의 다른 페달러들이 아마 다 믿지 못할 겁니다."

나는 담배를 발로 비벼 껐다. 작업 재개를 알리는 사이렌이 울렸다. 우리는 다시 궤도에 올라가 앉았다. 나는 안장에 앉아 페달 등걸이 속으로 발을 집어넣었다. 본격적인 작업 시작을 알리는 사이렌이 울었고 나는 페달을 힘차게 밟았다. 처음과는 달리 궤도는 부드럽게 울기 시작했다. 밟아주기를 기다리기도 하지만 이제 더는 밟지 말아 달라는 울음처럼 들렸다. 아리도 궤도의 울음소리를 들었던 것일까?

죽어도 죽지 않은

그녀의 눈앞에 칼바도스 한 잔을 내밀었다.

이 도시에서 파는 술은 브랜디 외엔 없었다. 집을 삼켜버릴 듯한 폭풍우를 뚫고 옆 마을로 가면 맥주와 소주를 맛볼 수도 있다는 말을 들었다. 아리는 잔을 끌어다가 먼저 냄새를 맡았다.

"사과 냄새가 나네요."

"애플 브랜디이니까요."

하지만 그 브랜디가 어디에서 오는지 아는 사람은 없었다. 브랜디라는 술의 원료가 무언지 아는 사람도 드물었다. 막연하게 사과나 포도로 만들었을 거라는 말을 들은 적은 있었다. 희미하게 남아있는 기억이지만, 도시의 브랜디는 아버지가 즐겨 찾던 술이기도 했고 할아버지도 즐겨 먹었다는 말도 들었다. 값에 따라 등급이 매겨져 있을 뿐이었다. 누가 만들었고 왜 만들었는지 몰랐다. 그냥 있으니 마신다고들 말했다. 브랜디가 간에 치명적이라고 홍보를 하면서도 술 파는 행위를 막거나 술의 유통을 막지 않았다. 많이 마시지 말라는 뜻일 텐데. 어둠이 깊어지면 거리 곳곳에 브랜디에 취해 널브러진 사람들을 종종 만났다. 페달러로 받은 급여 전부를 브랜디 마시는 일로 탕진하는 사람들도 있었지만 도시는 강력하게 제재하지 않았다. 위험한 식품으로 분류하면서도 버젓이 팔아먹도록 배려하는 기이한 일이 수백 년 동안 계속되었다. 브랜디 소비량을 줄이려고 술병 허리에 간이 배 밖으로 드러난 홍보 그림을 붙여 보았지만, 사람들은 여전히 브랜디를 마셨다.

"첫날을 기념하는 축하주인가요?"

브랜디 한 잔의 가격이 이틀치 급여와 맞먹었다. 비싼 가격 때문에 그러하겠지만 브랜디를 파는 술집 '브랜디 7호'는 페달러들과는 어울리지 않았다. 천장의 많은 조명도 그렇지만 그녀와 내가 앉아 있는 바도 역시 너무 깨끗했다. 나는 공장장이 알려준 몇 안 되는 매뉴얼대로 움직이는 중이었다. 여자들에게는 감상적인 배려가 효과적이며 필요하다면 술을 마실 수도 있다는 게 공장장이 전달해 준 매뉴얼 중 하나였다. 1212에 여자가 적응하는 문제에 도시 전체의 관심이 쏠려 있다고 말하기도 했다. 그건 나의 문제는 아니었다. 지금 궤도를 돌리기 위해 한 사람의 페달러가 필요할 뿐이었다. 페달러 한 사람이 빠지면 그 몫의 노동이 분배되어야 하고 그건 곧 페달러들의 피로도가 증가한다는 말이었다. 그건 더 큰 문제를 야기할 수도 있었다. 궤도가 이 도시에서 해내는 일이 무엇인지 중요하지 않았다. 다만 궤도가 멈추는 걸 나 역시 용서할 수가 없었다. 그건 존재가 멈추는 일과도 같다고 생각했다. 내가 이 도시에서 할 수 있는 유일한 일이기도 했다. 하지만 궤도가 멈추는 건 그저 일상생활이 좀 불편할 뿐이었다. 어쩌면 상당히 오랜 기간 많은 불편이 야기될 수 있겠지만 그 이상은 아니었다. 도시가 더 어두워지고 누군가는 샤워를 하지 못하고 죽어서도 화장되지 못할 수도 있는 일이긴 했다. 그래도 막연하게 궤도는 멈춰서는 안 된다고 생각했을 뿐, 왜 그래야만 하는지에 대해선 고민해 본 적이 없었다.

"벌써부터 페달러가 된 것처럼 생각하진 말아요. 적어도 1년 이상은 페달을 밟아 봐야 그런 감상이 드니까."

잠깐 환했던 얼굴에 다시 먹구름이 드리워졌다.

"앞으론 이러지 않으셔도 됩니다."

그녀의 입가에 주름진 미소가 번졌다.

"댁과 빨리 호흡을 맞추라는 게 공장장의 지시이기도 하지만 그 전에 난 1212 페달러로 댁이 우리에게 빨리 적응하기를 바랄 뿐이에요. 그렇지 않으면 우리 궤도가 계속해서 문제가 발생할 수도 있어요. 세상에서 가장 민감한 기계가 바로 궤도예요. 50명이나 되는 페달러들이 궤도의 민감한 부분을 장악하지 못하면 도시 전체가 곤경에 처할 수도 있어요. 여러 차례 말했지만 호흡은 하나예요. 그런데 그 호흡을 만들어내기 위해서 우린 서로에 대해 한 몸의 일부인 것처럼 지내도록 교육받아왔지요."

딱히 그 말을 하고 그 말을 부연 설명하기 위해 그녀를 브랜디 술집으로 데려온 건 아니었다. 그녀의 눈은 피로에 젖어 처졌고 어깨도 한껏 아래로 떨어져 보였다. 몇몇 페달러들이 술집으로 들어왔다. 그들도 칼바도스를 주문하고 노닥거렸다.

"난 아직도 내가 1212의 페달러가 되었다는 게 의심스러워요. 뭔가 행정적인 착오가 있거나 아니면 다른 숨겨진 이유가 있지 않을까 싶어요."

행정적인 착오는 없었다. 다른 이유를 찾을 수도 없었다. 인구가 줄고 있었고 그중 남자의 수는 빠른 속도로 줄어들고 있었다. 남자가 줄어들고 있다는 게 이유라면 이유였다.

"다른 숨겨진 이유 같은 걸 찾으려고 고민하지 말아요. 부질 없는 짓이니까. 페달을 밟기만 하면 돼요."

나는 바 머리에 붙어 있는 격언으로 눈길이 갔다. 어디에나 흔하게 있는 표어이자 격언이며 구호인 문장. '페달에서 시작해 페달로'. 굵고 둥근 글씨체였다. 손바닥만 한 크기였다. 지금까지 이 술집을 드나들면서 이런 문구를 보았다.

"그는 어떤 사람이었나요?"

그녀가 나를 힐금거렸다.

"전에도 말해주었던 거 같은데……."

"그런 거 말고 진짜 그가 어떤 사람이었냐고 묻는 겁니다."

"다들 알다시피 히로는 비상한 데가 있었어요. 우리처럼 단순하지 않았어요. 생각도 많았고 생각했던 걸 말하길 좋아했어요."

말을 하자 히로가 진심 그러했다는 걸 깨달았다. 그리고 그는 나와 잘 어울렸었다는 사실도 기억났다.

"그런데 왜 톱니 속으로 뛰어든 거죠?"

"죽음을 맞이하는 방식은 다양하니까……."

나는 말을 아끼려고 했다. 괜한 말을 꺼냈다는 생각도 들었다. 더군다나 그녀의 질문에 답해줄 여력이 없었다. 나는 브랜디를 홀짝거리기 시작했다.

"어쩌면 그가 죽지 않았을 수도 있다고 생각하시죠?"

나는 아리를 힐끔 쳐다보았다.

"댁이 말하는 호흡을 아직 느낄 수 없지만……. 페달에서 그런 게 느껴졌어요. 히로라는 그 사람의 호흡이. 작업 시간 후반으로 들어가면서 불규칙하고 제 멋대로인 호흡이 느껴졌어요. 페달러 누군가의 호흡이 아니라 궤도 그 자체의 호흡이랄까? 암튼 그 느낌의 호흡을 느꼈어요. 그리고 그게 히로라는 사람의 호흡일 지도 모른다는 생각이…….

여자는 분명 남자들과는 다른 감각을 가지고 있을 터였다. 남자들은 느끼지 못하는 숨을 여자들은 느낄 수 있는 모양이었다. 아리가 궤도의 한 자리를 차지하고 들어와 앉아 있지만 1212 페달러들 모두 히로가 죽었거나 사라졌다고 생각하지 않는 듯했다. 아리처럼 그의 호흡이 느껴지는 건 아니지만 딱히 증명하지 않아도 그냥 증명되는 그런 것들이 있는데, 궤도의 톱니 곳곳에 히로가 배어있다고 믿었다. 나 역시 그랬다.

"그 사람이 어떤 사람이었는지 궁금해요."

"여기서……. 가끔 브랜디를 마셨고 가끔은 멍한 눈으로 천정을 올려다보기도 했고, 그리고……."

"그리고?"

"뭔가를 끄적거리기도 했죠."

"푸념 같은 걸 적었던 건가요?"

"낸들 아나요?"

히로의 집에서 가지고 온 메모지들은 '페달의 숙명'이라는 책 속에 넣어놓고 아직까지 꺼내 보질 못했다. 나는 바에 팔꿈치를 기대 놓고 브랜디 잔을 들었다.

"나도 뭔가를 적어댔던 적이 있었어요. 요즘은 안 그래요."

그녀는 역도 선수의 생활을 포기했을 때 처음으로 브랜디를 마셔봤다고 말했다. 몇 차례 브랜디를 마셔본 경험이 있었다는 말이었다.

"하지만 매번 싸구려 브랜디였어요. 이런 브랜디는 처음 마셔 봐요."

아직도 공장장의 내밀한 의도를 헤아릴 수가 없었다. 페달의 세계에서 여자를 페달러로 만들지 않았던 건, 페달러로서 일의 집중에 방해되는 요소는 철저하게 배제한다는 단순한 규칙 때문이었다. 여자는 페달을 돌리기에 부족하다는 의미였지만 이젠 그 규칙이 무의미했다. 도시 전체를 유지하는 궤도의 세계에 여자를 페달러로 고용하기 시작한 다른 이유가 있을까? 도시에 남자들이 줄어들고 있으니 힘 좋은 여자들이 필요할 뿐이었다. 다른 이유 같은 건 없었다.

그녀의 옆얼굴은 굳어 있었다. 브랜디를 마실 때만 잠깐 입가의 주름이 움직일 뿐, 다른 표정의 변화가 없었다. 그녀에 대한 궁금증들이 많았지만 묻지 않기로 했다. 시원하게 대답해 줄 것도 같지도 않았다.

"오늘 1212에서 작업을 끝내고 지상으로 내려왔을 때 문득 아빠랑 엄마에 대한 기억이 떠오르더라고요. 아주 가끔 떠오를까 말까 하는 분들이었는데. 오늘 생각이 나더라고요."

"두 분은 어디 계시죠?"

"진즉 돌아가셨죠. 두 분은 나를 좀 늦게 낳으셨거든요. 두 분 나이 차이가 꼭 4년이에요."

두 분이 나를 좀 늦게 낳았다? 나이 차이가 4년이다? 입안에 고였던 술이 목구멍이 아니라 숨구멍으로 넘어갔다. 나는 고개를 돌리고 수차례 기침을 해댔다.

"죄송해요. 하던 이야기마저 해요."

"두 분 모두 인자하셨어요. 아빤 공무원이셨고 엄마도 공무원이셨는데 두 분이 퇴근해서 돌아오실 때면 늘 시장에서 파는 소보로를 사 오셨어요."

공무원, 소보로. 나도 모르게 손을 뻗어 그녀의 손을 잡았다.

그녀가 놀라 눈을 동그랗게 떴다.

"꼭 두 개를 사 오시죠? 하루씩 번갈아 가면서 동화책을 읽어주었고요."

"맞아요!"

"동화책의 제목은, 더 정확하게 말하자면 밤마다 머리맡에서 읽어주었던 그 책의 제목은『핀』입니다."

"소년이 한 소녀를 만나 페달러가 되기까지의 성장소설……."

그녀가 내 손아귀에서 자신의 손을 빼냈다. 나는 힘을 내려놓았다.

"늘 하늘색의 자전거를 똑같이 타고 나가셨고, 문을 열고 집 안으로 들어가면 마주 보이는 벽면에 구식의 괘종시계가 걸려 있으며……."

나는 그녀의 눈을 빤히 들여다보았다. 그녀의 눈이 점점 일그러지면서 내 눈 역시 일그러졌다.

"댁이 나에 대한 걸 어떻게 그토록 자세하게 알 수 있는 거죠?"

"소풍을 갈 때면 꼭 수경 재배로 키운 파슬리와 양상추를 넣은 샌드위치를 챙겨주셨죠."

파슬리와 양상추. 나는 그녀에게 부모에 대해서는 그만 말하자고 부탁했다.

"이유가 뭐죠?"

"말하고 싶지 않아요."

"혹시 탁수 씨의 부모님도 우리 부모님과 닮아서 그런 건가요? 옛날 생각이 나서."

나는 잔에 남아있던 브랜디를 단숨에 비웠다. 그리고 한 잔을 더 주문했다.

"왜 그래요?"

"이 이야기는 히로가 말한 거예요. 예전엔 나 역시 가물가물했는데 히로 이야기를 들으며 생각난 거죠. 그땐 히로 이야기 듣고 히로와 내가 한 형제인가 하는 엉뚱한 생각을 했을 정도예요."

"그러니까 그게 탁수 씨나 히로 그리고 내 부모의 이야기가 똑같다?"

"바보같이 그런 걸 들을 땐 놀라서 듣는데 시간이 지나면 잊어버려요. 희한하게도."

"그럴 리가요. 어떻게 부모들 이야기가 똑같을 수가 있는 거죠?"

"나도 처음의 반응이 그랬어요. 우리가 다른데 어떻게 부모가 똑같을 수가 있을까. 히로한테 들었을 때까진 사실 별다른 생각 없었어요. 아리 씨 이야기 들으며 분명 뭔가 이상하다는 생각이 든 거죠. 한번 장대에게 물어볼 생각이에요."

"탁수 씨 말은 우리 부모님들에 대한 기억이 다 똑같아서……. 그럼 우리 진짜 부모는 어디에 있는 거죠? 우리가 다르지만 실은 우리가 하는 일은 똑같잖아요. 부모 교육을 받았다면 이 도시에선 어떤 선택이 사실상 자유롭지 않으니 비슷한 생각과 비슷한 행동을 해 온 건 아닐까요?"

"그럴지도 모르죠. 그런데 중요한 건 부모의 존재감은 있었지만 단편적인 장면들은 히로를 만난 후에야 기억이 났다는 거예요. 그 전엔 부모를 떠올려 본 적이 없었어요."

아리는 손이 내 손 쪽으로 건너오다 바에 놓인 잔을 밀치고 말았다. 잔은 바닥으로 떨어졌다. 잔이 깨지고 브랜디가 테이블을 흥건하게 적셨다.

화장터 가는 길

수도꼭지를 틀었다. 차고 시원한 물이 개수대 방향으로 쫄쫄쫄 떨어졌다. 나는 컵을 들이대고 컵이 물로 가득 차기를 기다렸다.

"1200급의 궤도들이 돌아야 물이 시원하게 나온다니까."

거리에서 술집에서 공용버스 안에서 주변 사람들을 통해 흔하게 듣는 말이었다. 1200급의 궤도가 돌 때 빨래도 하고 양동이에 물을 잔뜩 받아놓기도 하고 아이들 목욕도 시킨다는 말들을 했다.

컵에서 물이 넘쳐흐르기 시작했다. 나는 물이 넘쳐흐르는 걸 쳐다봤다. 잔을 들어 입으로 가져가다 멈추었다. 사내가 떠올랐기 때문이었다. 화장터에서 본 백발의 사내. 나는 물잔을 내려놓고 시계를 보았다. 다음 작업 시간까지는 5시간 넘게 남아있었다. 출근할 때 아리의 집에 들러 그녀를 데려가야 하니 4시간은 족히 여유 시간이 있었다.

나는 작은 팩에 담배와 지갑, 톱니를 조이는 비상용 공구 그리고 우비와 히로의 메모들을 넣은 후 앞으로 둘러맸다. 버스 정류장으로 걸어가 화장터로 가는 공용버스를 기다렸다. 사내가 아직 화장터에 근무하고 있는지 의문이었다. 며칠 지나지 않았으니 근무할 수도 있겠다는 생각도 들었다. 도시를 뱅뱅 도는 공용버스가 도착했다. 페달러들이 쉬고 있는 시각이라 그런지 버스 안은 한산했다. 궤도를 돌려야 하는 시각 1시간 전이면 버스 안이 미어터지곤 했다. 나는 그런 번잡함이 싫었고 '만에 하나'라는 변수가 싫어서 1시간 30분 전에 버스를 타고 가던가 아니면 걸어서 출근했다.

버스는 도시의 중심지를 가로질러 갔다. 도시의 한복판에 검은 강이 흐르고 강 주변으로 대부분의 페달러들이 살았다. 차창을 열면 언제나 강한 소독약 냄새가 풍겼다. 한바탕 비라도 쏟아져야 냄새가 가셨고 비 온 뒤 반나절쯤 후엔 아주 잠깐 강물도 맑았다.

버스는 강변을 따라 달렸다. 대형 할인점 앞을 지나고 수경 농장을 스쳐 지나갔다. 사람들이 버스에 타고 내렸지만 페달러들은 보이지 않았다. 특별한 사정이 있지 않은 다음에는 이 시각 페달러들이 버스를 타는 경우는 드물었다. 더군다나 1200급 궤도에서 근무하는 페달러들은 시간을 허투루 보내지 않았다.

버스가 공장지대를 지나갔다. 우리들이 궤도의 영역이라 부르는 지역이었다. 버스가 도심을 가로지르는 길이보다 궤도 공장 지역의 길이 더 길었다. 100급의 궤도에서부터 1200급의 궤도들이 모여있는 곳. 창밖을 내다보면 규모만 다를 뿐, 회색의 건물과 초록색의 출입문을 가진 공장 건물이 끝없이 이어졌다. 출근하며 늘 보았던 풍경임에도 초록색 출입문이 보일 때마다 생경한 느낌이 들었다. 궤도 출입문 곁에 간결한 숫자들이 적혀 있는 게 다를 뿐이었다. 그중 1212궤도가 있는 1200급의 공장 출입문은 주변의 공장 출입문보다 크기가 컸고 공장의 규모 또한 두 배쯤 큰 규모였다. 나는 고개를 돌려가며 1200이라는 숫자가 시야에서 사라질 때까지 바라보았다.

궤도 지역을 지나면 다시 주거 지역과 상가 지역이 나타났다. 버스를 타고 궤도 지역을 달려온 길이만큼 달리자 종점이자 도시의 외곽이 나타났다. 1시간 남짓 버스를 타고 달려온 듯했다. 그곳에 화장터가 있었다. 화장터에 도착한다는 안내방송을 듣고 의자에서 일어났다.

버려지는 사람

    화장터의 긴 굴뚝에서 검은 연기가 치솟고 있었다. 연기는 하늘의 먹구름에 가 닿아 서로 몸을 섞고 있었다. 검은 연기와 검은 구름이 구분되질 않았다. 화장터에서 하늘로 연결된 연기의 길이었다. 검은 연기는 또 누군가 하늘로 올라가고 있다는 상상을 불러일으켰다. 오늘은 구름이 더욱 짙었다. 걸음을 재촉했지만 화장터 입구에 닿기도 전에 비가 내리기 시작했다. 백팩에서 우비를 꺼내 입었다. 빗들이 우비를 때리며 익숙한 리듬을 만들어주었다.

    '궤도에서 시작해 궤도로. 잊으시면 안 돼요, 잊지 마세요…….'

    궤도의 구호가 리듬으로 다가오는 건 이해할 수 있지만 내게 무언가를 잊지 말아 달라는 문장은 무엇으로부터 시작된 문장인지 여전히 감을 잡을 수 없었다. 내가 잊지 말고 기억해야 할 일이 무엇이란 말인가. 어느 기억들은 아예 떠오르지 않고 어떤 기억들은 떠오르는 순간 그것이 내 기억인지 의심스러운 이 상태에서 잊지 말라는 문장은 무의미했다. 너무도 많은 걸 잊으며 살아가고 있는데 이건 자연스러운 삶이지 않은가. 특별히 기억할 만한 이야기도 없지 않은가. 아리의 부모와 나의 부모가 비슷한 이미지로 기억되는데 기억을 떠올리는 게 의미 없는 짓인지도 몰랐다. 그리고 오늘은 떠오른 기억들이 나의 기억인지 확신할 수 없었다.

겨우 출입문 앞에 다다랐을 땐 비가 퍼부어댔다. 하루걸러 비가 오는 도시이니 새로울 건 없었다. 비에 젖은 검은 연기가 땅으로 흘러내리고 있었다. 나는 출입문을 밀고 안으로 들어갔다. 히로를 찾으러 왔을 땐 느끼지 못했는데 비린내와 매캐한 냄새가 진동했다. 냄새는 코안을 들쑤실 정도로 강했다. 기계실 쪽에서 궤도가 삐거덕거리며 돌아가고 있는 소리가 들렸다. 단숨에 바뀌지 않겠지만 수리되지 않은 그대로인 듯했다.

나는 사무실 쪽으로 천천히 걸음을 옮겼다. 3번 화장 소각로 앞에 사람들이 모여 서성거리는 게 보였다. 모두 다섯 사람이었다. 그들은 유니폼을 입고 있지 않아 어느 곳의 사람들인지 추측하기 힘들었다. 그들은 나를 발견한 후 재잘거리던 입을 닫았다. 나는 그들 곁을 지나 사무실 쪽으로 걸음을 옮겼다. 그들은 내가 지나갈 때까지 입 다문 채 딴청을 부리듯 사방을 둘러보았다.

"몇 번째라고 그랬지?"

"이 자식은 지금이 아홉 번째라고 그랬잖아. 몇 번을 말해야 돼?"

내가 멀어지자 사내들은 하던 이야기를 마저 이어나갔다.

"톱니 터진 게 핀 때문인 거 맞지?"

"맞다니까. 하루 이틀도 아니고."

"왜 부품을 안 가져다주는 건데요?"

"눈치 되게 없네. 아무리 신참이라지만 알 만큼 페달 밟지 않았어?"

"우리 궤도는 곧 폐기한대. 그러니 부품 공급을 안 할 수밖에."

"폐기되면 어디로 가죠?"

"운 좋으면 다른 궤도로 이직할 수도 있고 아니면 불러줄 때까지 기다리는 거지. 아님 이런 화장터라도 비비고 들어가든가 해야지. 이런 판국에 여자들까지 페달러로 나서고 있으니 원."

목소리를 낮추어 말해도 그들의 소리가 화장터 안을 맴돌아 내게 전달되었다. 그들도 페달러였던 모양이었다. 100급의 낡은 페달의 페달러인 듯했다. 나는 새삼 1200급 궤도의 고귀함을 깨달았다. 부품이나 톱니에 조금이라도 이상이 발생하면 1, 2분 만에 점검조가 나타났다. 궤도를 멈추지 않은 채 수리하거나 부품을 갈아주곤 했다. 여러 달째 부품을 조달받지 못하는 낡은 궤도들과는 달랐다. 하지만 나 역시 그저 궤도를 돌릴 뿐이지 않은가.

사무실 앞에 이르러 창 너머로 안을 들여다보았다. 관리인이 보였고 그 앞에 익숙한 골격의 뒷모습이 보였다. 나는 별다른 생각 없이 출입문을 열고 안으로 들어갔다. 관리인이 먼저 나를 쳐다보았다. 이어 익숙한 뒷모습의 주인공도 고개를 돌려 나와 눈을 마주쳤다. 그는 아리였다. 그런데 놀랍지 않았다. 그녀도 놀라지 않는 눈치였다.

"평소엔 사람들이 잘 안 오는데 오늘 두 분이 모두 여길 오시다니 놀랄 일이네요."

정작 놀란 사람은 관리인이었다.

"……아마 쓰레기 소각장으로 갔을 겁니다. 아까도 말씀드렸지만 더는 봐 줄 수가 없더라고요. 왜 유족에게 시비를 거느냐

이겁니다. 그 일만 아니었으면 내가 참고 데리고 있으려고 했는데. 여기도 못 들어와서 안달인 사람들이 얼마나 많냐고요."

"유족한테 시비를 걸다뇨?"

나는 관리인의 말 몇 마디로 내가 찾는 백발의 남자가 화장터에 없다는 사실을 알았다.

"유족이 맞냐, 너희들은 너희들의 기억을 믿느냐, 기억도 가짜이며 유족도 가짜다. 이런 내용이었죠. 그런데……."

이젠 내가 앞에 나서서 물었다. 아리는 내 곁에 서서 내 얼굴만 쳐다보았다.

"그런데 그 유족이라는 사람들이 아무 말도 안 하더라고요. 나도 좀 미심쩍어서 서류를 보여 달라고 했는데 유족이 맞긴 맞아요. 암튼 그 작자 내보내고 나니까 속은 시원합니다. 아마 쓰레기 소각장으로 갔을 겁니다. 페달 밟던 인간이 어디로 가겠습니까. 쓰레기 소각장 쪽엔 페달러들이 꺼리는 곳이니까. 아마 거기 없으면 거리 어딘가에 있겠죠."

나는 아리와 함께 사무실을 빠져나왔다. 소각로 앞에 있던 사람들은 여전히 떠들어댔다. 우리가 곁을 지날 땐 입을 다물었다가 우리가 멀어진 후 다시 떠들어댔다. 우리는 말 없이 화장터 건물을 빠져나왔다. 밖은 빗줄기가 더 거세지고 있었다. 아리도 자신의 백팩에서 우비를 꺼내 입었다. 우린 말 없이 버스 정류장을 향해 걸어갔다. 비가 우비를 사정없이 때렸고 조금씩 바람도 거세졌다. 버스 정류장에 도착해 모자를 벗고 벤치에 앉았다. 아리도 내 곁에 앉아 물웅덩이에 집중적으로 쏟아지는 빗줄기를 바라보았다.

"탁수 씨가 올 거라 생각은 했어요."

"나도 그런 생각이 들더군요."

"그런데 탁수 씨는 그 사람을 왜 찾으려는 거죠?"

"뭐라 딱히 말할 수는 없지만, 그 사람은 그러니까……."

명확하게 떠오르는 단어들이 없었다. 마음으로는 그를 만나야 한다고 느끼고 있는데 그를 왜 만나야만 하는지 말로 설명할 수가 없었다.

"그 사람이 뭔가를 말해주길 바라는 거죠. 적어도 탁수 씨와 내가 왜 동일한 이미지의 부모를 부모로 기억하고 있는지 말해줄 거라는 생각이 들었어요. 그냥 막연하지만, 지금까지 그런 눈을 가진 인간을 본 적이 없었거든요. 우리 주변엔 하늘처럼 흐리거나 검은 눈을 가진 인간들이 천지였는데 그 사람만은 달랐어요."

내가 하고 싶었던 말들이었다는 걸 깨달았다. 나는 입맛을

다셨다. 갈증이 일었다. 오늘은 잠에서 깨어나 물 한 잔 마시지
않았다.

사선에서 수평으로

쓰레기 소각장은 내 예상에서 크게 벗어나지 않았다. 쓰레기들이 산을 이루고 있었고 모인 것들이 부패하고 썩는 냄새가 진동했다. 쓰레기 소각장 인근의 풍경은 예상했던 일이었다. 빗줄기가 좀 가늘어졌지만, 여전히 비가 내리고 있었고 길바닥의 골을 따라 쓰레기 산에서 내려온 오물들과 빗물과 흙물이 범벅이 된 시커먼 물줄기가 강 쪽으로 흘러갔다. 가르쳐주지 않아도 충분히 상상했던 그대로였다. 우리의 예상을 깬 건 궤도였다.

보통의 궤도는 하늘을 향해 45도쯤 올라간 각도를 유지하고 있었다. 에너지를 생산하기 위한 효율적인 각도라 하는데 사실인지 알 길은 없었다. 화장터의 궤도 역시 45도의 기울기를 유지하고 있었는데 쓰레기 소각장의 궤도는 평지에 깔려 있었다. 그러니까 기울기가 제로였다. 궤도 위로 긴 천막이 설치되어 비를 막아주고 있었다. 모두 30명이 올라갈 수 있는 궤도였다.

　궤도의 기울기를 달리할 수도 있었다. 가까이 다가가서 본 궤도는 나를 더 놀라게 했다. 화장터의 궤도 정도로 낡았을 거라 짐작했다. 분명 낡긴 낡은 궤도였지만 1200급의 궤도 못지않게 맑은 소리를 내며 돌았다. 비를 막아주는 천막은 이런저런 비닐과 천으로 이어 붙였는데 누추한 게 아니라 화려했으며 페달러들이 앉아 있는 안장들 역시 천편일률적인 누런 색감이 아니라 모든 안장의 색이 달랐다. 정상적인 궤도에서 보지 못한 부품들도 궤도에 붙어 있었다. 나와 아리는 궤도의 곁을 걸어가며 페달러들을 살펴보았다. 노인도 있었고 소년도 있었다. 덩치가 큰 사람도 있지만 왜소한 몸을 가진 청년들도 보였다. 끝까지 가보았지만, 우리가 찾는 백발의 사내는 보이지 않았다. 우린 다시 한 차례 앞쪽으로 걸어 올라갔다. 간간이 페달러들과 시선이 마주쳤다. 눈가가 처지고 비슷한 색감의 눈을 가진 1200급 궤도의 페달러들과도 달랐다. 그들은 숨 쉬는 눈을 가지고 있었다. 입가엔 신명이 묻어 있었다. 쓰레기 소각장의 궤도와 페달러들은 도시의 가장 하급 궤도이며 하급 페달러들이니 당연히 궤도는 삐거덕거리고 페달러들은 꾀죄죄한 몰골일 것이라는 짐작을 여지

없이 깨부수었다.

　그녀와 나는 뒤로 물러나 사무실의 처마 밑에 서서 그들의 노동을 구경했다. 궤도의 끝에 소각로가 설치되어 있었고 소각로 위로 올라간 굴뚝을 타고 희디흰 연기가 빗줄기를 뚫고 하늘로 솟아오르고 있었다. 쓰레기를 태우는 데 연기는 순백이었다. 사람을 태우는 화장터는 검은색 연기를 피워올렸는데. 그리고 여기는 나와 아리가 일하는 궤도와 한가지 명확하게 다른 점이 있었다. 마스터의 방이 없었다. 사무실 안쪽에 사람들이 있었지만, 우리에게 관심을 보이지 않았다. 빗줄기는 점점 가늘어졌다. 언제부터 궤도를 돌린 것인지 모르지만 어디선가 음악 소리가 들렸다. 경쾌한 행진곡이었다. 음악 소리가 흐르면서 궤도는 천천히 멈추었다.

　가늘어지던 빗줄기는 그들의 작업이 끝나자 덩달아 멈추었다. 페달러들은 한 가지 더 나를 놀라게 했다. 페달러들은 컵을 들고 궤도 앞의 커다란 수조 쪽으로 다가가더니 수조에서 물을 떠서 마시기 시작했다. 산성비라 교육받아서 빗물로는 씻지도 마시지도 않았다. 그런데 그들은 개의치 않고 물을 퍼마셨다.

　나와 아리가 그 광경을 보고 놀라는 동안 맨 앞 안장에 앉아 작업하던 사내가 우리 쪽으로 걸어왔다. 나머지 페달러들은 쓰레기 산으로 혹은 조립식 건물 등으로 들어가며 사라졌다.

"무슨 일입니까?"

사내는 작은 키였다. 하지만 굵은 허벅지와 넓은 어깨를 가지고 있었다.

"저기 저 물을 그냥 마셔도 되나요?"

아리가 아직도 수조 앞에 달라붙어 있는 페달러를 가리키며 물었다. 사내가 수조 쪽을 쳐다보았다.

"여긴 수도가 없어요. 그래서 우린 빗물을 모아 마셔요. 빗물 모아 빨래도 하고 씻기도 하고요."

"산성물인데 괜찮은가요?"

사내가 나를 쳐다보며 눈을 흘겼다.

"어디서 왔습니까?"

"시내에서……."

"산성물이면 우린 진즉 죽었겠소."

사내는 사무실 쪽으로 몸을 돌렸다. 나는 그를 급히 잡아 세웠다. 그의 눈가가 일그러졌다.

"뭡니까?"

"다른 게 아니라 누굴 좀 찾으러 왔습니다."

사내는 나와 아리를 위아래로 훑어보았다.

"보아하니 여기 드나들 사람은 아닌데?"

"실은 백발에 얼마 전까지 화장터에서 페달러로 일했던 사람입니다. 그 사람 좀 만나려고 하는데 여기 오면 찾을 수 있다는 말을 들었습니다."

내 말이 끝나자 경계심으로 잔뜩 일그러졌던 그의 눈이 부드럽게 풀어졌다.

"달명 아저씨 찾으러 오셨구만. 그분은 왜요?"

"그게 저 설명하기가 좀 힘드네요."

"허긴 그 양반도 설명하기 힘든 분이죠. 암튼 지금은 여기에 안 계십니다. 자리도 없거니와 우리 자리 빼앗은 것도 부담스럽다며 도시로 돌아가셨어요."

"어디로 가면 만나 뵐 수 있을까요?"

"잘은 모르겠지만 시장 골목에 가면 만나실 수 있을지도 모르겠네요. 우리 쪽 식구들이 가끔 거기서 얼굴을 보곤 했다니까요."

사내는 등을 돌렸다. 앞으로 걸음을 옮기다 멈추고 고개만 돌려 나와 아리를 쳐다보았다.

"우리가 빗물을 마시는 건 그 양반이 가르쳐 준 겁니다. 우리가 마시는 비가 산성비일지는 모르겠지만 적어도 다른 뭔가가 들어있지는 않으니까요."

"다른 뭔가라니요?"

"나도 모릅니다. 그분 만나면 물어보세요."

사내는 물웅덩이 길을 가로질러 사무실로 들어갔다. 사무실 사람들이 잠깐 나와 아리를 쳐다보았다가 고개를 돌렸다.

페달러는 페달러일 뿐

장대가 나와 아리를 힐끔 쳐다보며 얼굴을 찌푸렸다.

"두 사람한테서 왜 구린내가 나지?"

"버스에 쓰레기 소각장 근무자들이 잔뜩 타더니만 몸에 밴 모양이네."

장대는 한 차례 더 나와 아리의 몰골을 살핀 후 자신의 안장 쪽으로 걸어갔다.

"이야기 들었어?"

나는 장대를 쳐다보았다. 아리는 자신의 안장을 닦으며 규칙대로 주변의 부품들을 점검해 나갔다.

"무슨 이야기?"

"우리 근무 시간 한 타임 더 늘린다는데."

"뭐, 한 타임을 더 늘려?"

누군가 아래쪽에서 계단을 타고 올라오는 소리가 들렸다. 틈 사이로 살펴보니 공장 식당의 배급 도우미들이었다. 그들이 궤도까지 찾아와 계단을 올라오는 일은 드문 일이었다. 아리는 그들의 등장에 별다른 이상을 느끼지 못했지만, 장대와 나는 달랐다. 한 시간에서 두 시간 그리고 두 시간에서 세 시간으로 근무량이 조절될 때 그렇게 누군가 찾아왔다. 이번엔 식당의 도우미들일 뿐.

그들은 에너지 바 3개와 물 1리터 들이 한 병씩을 나누어준 후 내려갔다. 특별배급이라는 말만 남겼다. 그들은 계단을 내려가며 일일이 페달러들에게 물을 돌렸다. 아래에서도 그렇게 에너지 바와 물을 돌렸다.

"젠장, 또 무슨 일이 일어난 거야?"

곧 그가 전한 소문대로 근무 시간이 4시간으로 늘어날 터였다.

"꼭 뭔 사건만 터지면 시간을 늘린다니까. 그래도 그렇지 여기서 4시간씩 버틸 인간이 누가 있냐고? 우리 무릎 모두 작살 내려고 작정을 한 거지."

"그런 게 아닐 수도 있겠지."

페달러의 몸이 상하면 그건 공장과 도시의 손해였다. 페달러들 역시 원하지 않는 바였다. 하루 3시간의 노동은 페달러가 페달을 밟을 수 있는 최대치였다. 그 이상은 무리였다. 그건 나나 장대 아리에게도 마찬가지였다. 근무 시간이 늘어날 일은 아닐 터였다.

나는 물병을 들고 쳐다보았다. 대부분 대형 물병을 들고 다녔다. 가끔 공장에서 배급하는 물에서는 단맛이 났다. 한 모금만 목을 축여도 자꾸만 손이 가는 맛이었다.

'더없이 깨끗하고 신성한 몸을 위해.'

나는 병 옆구리에 박힌 문구를 쳐다보았다. 과거의 식상한 구호가 적혀있지 않은 것만 해도 조금 신선해 보였다. 계단 아래에서는 이미 병뚜껑을 따고 물을 마시는 페달러들도 있었다. 나는 자꾸만 물병을 들여다보았다. 유혹인 듯하면서도 유혹이 아닌 듯한 행동이라는 생각이 들었다. 뭔가를 부정하면서 부정하지 않는 듯한 제스처.

예비 사이렌이 울렸다. 우리 세 사람은 각자의 안장 위로 올라갔다. 작업 시작 사이렌이 울린 후 나는 천천히 페달을 밟기 시작했다.

"약발이 좋은데. 힘들이 넘쳐요."

장대가 투덜대듯 말했다. 그의 말이 실감 났다. 적당히 힘을 주었는데도 궤도가 힘차게 돌아갔다.

다시 지루한 페달 밟기가 시작했다. 수십 년을 밟아왔다는 사실이 자각되자 몸서리 쳐졌다. 시간이 흐르며 몸의 모든 근육이 반응하기 시작했다. 오로지 궤도 하나를 돌리기 위해. 심지어 뇌의 근육들까지도 궤도를 돌리기 위해 힘을 모을 정도였다. 전신이 땀으로 젖고 발가락 사이 사이가 미끈거릴 정도가 되면 첫 번째 타임의 노동이 마무리되어 간다. 사이렌이 울린 후 여분의 힘이 전과 달라 궤도를 오랫동안 회전시켜주었다. 장대는 지급받은 물을 마셨다. 나는 물병의 뚜껑을 따려다 멈추었다. 아리는 입으로 물병을 가져갔다가 내려놓고 뚜껑을 닫았다.

"두 사람은 물 안 마시네? 누가 여기에 독이라도 탔대?"

그는 한 차례 더 물을 들이켠 후 입맛을 다셨다.

"맛 좋다! 혹시 물 모아서 시장에 내놓는 건 아니지? 그거 불법이야. 뭐 돈이 급하게 필요하면 그럴 수도 있지만 말이야."

장대는 저 혼자 주절주절 떠들어댔다.

오늘 하루의 작업은 그 패턴으로 이어져 갔다. 궤도가 신나게 돌아갔고 장대는 물을 마셨고 나와 아리는 물을 마시지 않았다는 것. 한 가지 달라진 게 있다면 예전보다도 더 머릿속이 온

갖 영상들로 어지러워졌다는 점이었다. 기억이라고 말할 수 없는 어떤 영상들이 떠올라 나의 의식을 당혹스럽게 만들었다. 단편적인 수많은 장면이 섞이고 섞여 기이한 이야기를 엮어냈다. 대리석의 집, 햇빛을 잔뜩 먹은 조명들, 흰옷을 입은 여자들, 머릿속의 영상임에도 현실의 눈을 감게 만들 정도로 강렬한 눈부심, 초록 제복의 사내들, 침대 위에 누운 어떤 여자, 가슴을 찌르는 통증, 끝없이 추락하는 아득한 현기증.

나는 나도 모르게 페달에서 발을 떼고 말았다. 마지막 타임의 작업 종료 9분여를 남겨두고 페달에서 발을 떼고 말았다. 장대와 아리가 눈치채고 그들이 내야 할 이상의 힘을 발휘해 페달을 밟아주었다. 사이렌이 울렸고 오늘치의 작업이 종료되었다.

"도대체 무슨 일이야? 1212 최고의 페달러가 페달에서 발을 떼다니 도대체 무슨 일이냐고?"

장대가 조용한 목소리로 말했다. 나는 말할 수 없었다. 말로 표현할 수 있는 성질의 일이 아니었기 때문이다. 아리가 한 발 뒤로 물러나 나를 물끄러미 쳐다보았다.

낡은 세계

아리가 뒤를 따르고 장대가 미행 아닌 미행을 하듯 따라붙었다. 딱히 감출 일도 아니어서 둘이 따라오는 걸 그대로 두었다. 아리는 다섯 걸음쯤 뒤처져 따라왔고 장대는 스무 걸음쯤 뒤에서 아리와 나를 쫓아왔다. 내가 걸음을 재촉하면 두 사람도 걸음을 빨리했고 내가 뛰면 두 사람도 덩달아 뛰었다.

수많은 공장지대를 지났다. 공장지대의 끝에서부터 주택이 나타났는데 공장지대에서 멀어질수록 주택의 질이 점점 좋아진다는 걸 느꼈다. 이전에는 별다른 생각 없이 보고 지나쳤다는 게 신기할 정도로 구역에 따라 주택의 노후 수준이 분명하게 나뉘었다. 노후된 주택들과 비교적 새로 지은 주택들 사이에 시장이 있었다. 도시의 모든 걸 팔고 도시의 모든 걸 사들이기도 하는 골목. 높아야 3층 건물이 전부였으며 도로는 자동차 한 대도 채 들어가지 못할 정도로 좁았다. 도로를 사람들이 대신 채웠다.

나는 큰 골목을 타고 들어가며 좌우의 작은 골목들을 유심히 살폈다. 달명이라는 사내를 만날 수 있을지 자신할 수 없지만 찾아 헤매다 보면 결국 만나게 되리라 생각했다. 큰 골목들을 뒤지고 다시 작은 골목 안으로 들어갔다가 다시 큰 골목으로 나오기를 반복했다.

시장은 페달러들이 퇴근할 때처럼 늘 붐볐다. 백발의 사내들도 많았고 달명이라는 사내와 비슷하게 생긴 사람들도 많았다. 아리와 장대는 사람들을 살피는 나를 눈여겨보기만 했다. 다시 원점으로 돌아와 큰 골목을 뒤지고 작은 골목을 뒤지는 일을 반복했다. 한 차례 더 반복하면서 눈에 띄지 않던 사람들도 보았다. 손목이 없는 사람, 다리를 잃은 사람, 벽에 기대앉은 모자, 한 구석에 쓰러져 잠이 든 것인지 죽은 것인지 모를 분위기의 사람들, 무심하게 지나가고, 누군가는 장사치들과 흥정을 하고.

궤도의 일을 소홀히 할 수는 없었다. 무작정 찾아다닌다고 해서 그를 찾을 수 있을 것 같지 않았다. 계획을 세워야 한다는 결론에 이른 후 나는 집으로 돌아갔다. 아리와 장대는 내 뒤를 따르다 집 앞에 이른 걸 확인한 뒤 사라졌다.

물의 기억

"도대체 뭐 하는 짓이야? 누굴 찾는 모양인데. 누굴 찾는 건데? 아리도 뭔가 아는 눈친데 아무 말도 안 하고. 뭐냔 말이야."

장대는 나를 볼 때마다 채근하듯 물었다. 나는 그저 웃기만 했다.

"살도 빠지고 왜 그러는데? 난 병든 페달러 뒤를 잇고 싶진 않다고."

살이 빠졌을까. 장대의 핀잔을 듣고 돌아온 날 오랜만에 거울 앞에 섰다. 볼이 꺼졌지만, 살이 빠졌다는 느낌이 들지는 않았다. 눈자위는 검었지만, 전과 달리 반짝거리는 기분이 들었다. 콩을 먹는 양을 줄이지도 않았고 탄수화물을 섭취하는 양도 줄이지 않았다. 한 가지 달라진 게 있다면 공장에서 제공하는 물을 마시지 않기 시작했다는 점이었다.

샤워를 하고 시장으로 나가기 위해 옷을 갈아입고 있을 때 누군가 노크를 했다. 나는 망설이다가 문을 열었다. 장대였다.

"오늘은 누굴 찾는지 그리고 왜 찾는지 그 이유를 알아야겠어."

나는 창가에 진열해 놓은 물병을 들었다. 컵에 반쯤 물을 따라 마셨다.

"내가 미쳤지. 잠이나 잘 것이지. 그래도 수십 년 의지해 온 선배를 잘못되게 내버려 둘 수는 없는 거잖아."

장대가 느닷없이 손을 뻗어 내 손에서 물잔을 잡아채더니 병의 물을 따라 마셨다.

"이게 뭐야?"

장대가 물을 세면대에 뱉었다.

도시엔 먹구름 걷히는 날이 없었고 하루걸러 비가 왔다. 어느 날은 강물이 범람할 정도로 많이 왔고 적게 오는 날이라 해도 물통 10개를 채울 정도는 내렸다. 모험이었지만 달명이라는 사내를 만나려면 그들처럼 살아야 한다는 생각에 나도 빗물을 마시기 시작했다. 처음엔 물비린내와 입안에 씹히는 이물질 때문에 여러 차례 토악질하기도 했다. 하루가 지나고 나흘이 지난 후에야 물비린내가 가셨다. 라면을 끓일 때도 받아놓은 빗물을 사

용했고 세수를 할 때도 빗물을 쓰기 시작했다. 세수를 하면 얼굴
이 미끈거렸고 거칠어지는 느낌이 들긴 했지만 고수하기로 했
다. 그제야 나는 나에 대한 한 가지 명확한 기억을 회복했다. 나
는 무엇이든 한번 시작하면 끝을 보는 성격이었다는 것이다. 연
결은 되지 않지만 기억나는 여러 순간들 속에는, 나는 밤늦게 책
을 읽거나 집요하게 한 곳을 바라보거나 모인 여러 사람을 설득
하는 듯한 장면들을 보았다. 다른 이유 때문이라고 생각할 수가
없었다. 빗물의 영향이었다.

"달명이라는 남자를 찾고 있어."

더 이상 장대를 끌고 다니고 싶지 않았다. 내 뒤를 쫓기 시작
한 뒤 그의 눈은 늘 충혈이 되어 있었고 나보다는 그의 몰골이
더 추레해진 듯했다.

"달명이라는 남자가 누군지 모르겠지만 그 인간을 왜 찾는
데? 시장 골목을 뒤지는 걸 보니 페달러는 아닌데. 우린 페달러
야! 페달러라고. 시장에서 쓰레기처럼 사는 인간들과는 급이 다
르다고. 게다가 우린 1212 궤도의 페달러란 말이야. 이 도시의
중심, 모든 페달러들이 선망하는 궤도의 페달러라고. 궤도에서
시작해 궤도로."

그는 흥분이 되는지 입가를 떨며 말했다. 나는 빗물을 한 잔

더 따라 마셨다.

"그 물은 또 뭐야?"

"빗물."

"뭐 빗물을 마신다고? 일찍 죽으려고 환장했구나."

"일찍 죽는지 죽지 않는지는 먹어봐야지."

"아 진짜 미치겠네. 탁수 왜 그러는 거야? 곧 마스터가 될지도 모를 인간이 왜 그러느냐고."

"마스터? 궤도를 밟다가 마스터가 되어 떠난 인간들 중에 다시 본 인간이 있어?"

장대가 눈을 동그랗게 뜨고 나를 빤히 쳐다보았다.

"당연하지. 마스터가 뭐하러 우릴 보러 오겠어. 우릴 만나러 안 오니까 우리도 볼 수 없는 거잖아."

나는 그를 두고 집을 나왔다.

"요즘 페달러 체크가 강화된 거 알잖아. 페달러 되겠다는 인간들 널렸단 말이야."

"남자가 줄어들고 있다면서?"

"여자들 말하는 거야."

"어쨌든 난 찾아야 해."

"찾으면?"

"뭔가 내가 해결하지 못한 답을 얻을 수도 있겠지."

"무슨 답?"

"나도 몰라."

나는 시장 쪽으로 걸음을 옮겼다. 멀리 아리가 서 있는 게 보였다.

"저것도 나와서 기다리네. 탁수 난 말이야. 우리 궤도에 문제가 생기는 거 원하지 않아. 난 마스터가 될 거라고. 그래서 우리한테 가장 중요한 노동자 둘씩이나 갑자기 이상해지도록 내버려둘 수 없단 말이야. 1212 페달러들도 살 빠지고 눈만 퀭해지는 걸 보고 불안해하고 있어. 그것들이야 있으나 마나이지만 난 달라. 난 조금만 더 버티면 마스터가 될 수 있다고. 관리부에 보고할 수밖에 없어."

장대는 내 꽁무니를 따라오며 주절거렸다.

"그건 마음대로 해. 지금 내가 뭘 잘못하고 있는 건 아니니까. 그리고 관리부가 들어서서 나랑 저 여자가 떨려 나가면 1212 궤도의 명예는 바닥으로 떨어질 수도 있지 않을까. 그럼 마스터가 되는 길이 더 멀어지겠지."

나는 걸음을 멈추지 않은 채 대꾸했다. 아리는 여전히 거리를 두고 따라왔다.

"나쁜 새끼, 도대체 왜 이러는 거야?"

"나도 모른다고. 다만 달명이라는 그 인간을 찾으면 다시 궤도로 돌아갈 수 있을지도 몰라. 난 지금 잘못하는 게 없어. 관리부에 보고해도 상관은 없지만 어떤 게 현명할지는 잘 생각해봐."

"잘못한 게 없다고? 이 도시에서 페달러가 빗물을 마시는 것부터가 잘못하는 거야. 충분한 수면을 취하지 않는 거, 몇 시간씩 시장을 헤매고 돌아다니는 거 이런 것들이 잘못이지 뭐야."

나는 걸음을 크게 걸으며 그를 떼어놓으려 했다. 그는 금방 내 곁에 달라붙어 계속 주절거렸다.

"좋아. 시간을 줄게. 내일까지 이 짓을 당장 그만두지 않으면 관리부에 보고할 거야. 빗물 마시는 거 중단하고 시장 헤매는 거 중단해."

나는 걸음을 멈추었다. 장대도 멈추고 아리도 멈추었다. 우리는 어느새 시장 근처에 다다라 있었다.

"지금 당장이라도 보고해. 나는 개의치 않을 테니까."

"미쳤어. 단단히 미쳤다고."

장대가 한발 뒤로 물러났다. 그는 충혈된 눈을 한참 비빈 후 다시 입을 열었다.

"그래도 의리 생각해서 하루는 더 기다려줄게. 궤도에 무리가 가는 행동은 더 이상 용서할 수 없어."

장대가 뒤돌아섰다.

"한 가지만 이야기해줘. 도대체 뭐 때문에 이런 짓을 하는 거야?"

"기억들 때문에."

나는 하고 싶지 않은 말을 하고 말았다. 기억들 때문에 달명이라는 사내를 찾아 헤매고 빗물을 마신다고 자신할 수는 없었지만, 곰곰 생각해보면 분절되어 떠오르는 장면들이나 분명 기억했던 일이었는데 까마득하게 잊고 있다가 기억과 연관된 일을 만났을 때 낯설면서도 낯익게 떠오르는 기억들에 의지해 나는 나를 한 방향으로 밀어붙이고 있었다.

"페달러에겐 힘만 있으면 돼. 기억 같은 거 아무짝에도 소용없다고. 아무튼 하루야."

그는 전방으로 고개를 돌린 후 앞으로 걸어 나갔다. 가로등 불빛 아래로 선명하게 떨어지는 빗줄기가 보였다. 손바닥을 펼쳤다. 비 몇 방울이 손바닥을 적셨다. 나는 우비의 후드를 끌어올려 뒤집어썼다. 장대도 아리도 우비의 후드를 썼다. 장대는 아리의 곁을 지나치면서 그녀에게 눈길도 주지 않았다. 나도 몸을 돌려 비가 내리기 시작한 시장 쪽으로 걸음을 옮겼다.

비를 먹는 사람들

　이제 골목은 익숙했다. 어느 골목 몇 번째 상가에서 무슨 물건을 파는지, 상가의 주인은 누구이며 아이들은 몇인지, 어제까지는 길바닥에 누워 있던 사람이 오늘은 앉아 있다는 것까지 알아차렸다. 사람들은 왼쪽 골목에서부터 시작해 오른쪽으로 골목 도는 걸 선호한다는 사실도 알았고 유독 저 혼자 중얼중얼 떠드는 사람들이 많다는 것도 알게 되었다. 과거 페달러였다고 짐작되는 덩치의 사내들이 시장 먹거리 골목 한구석에 모여 100퍼센트 알코올을 물에 섞어 마신다는 사실도 알게 되었다.

　열 번째 방문이었지만 나는 내 방보다 시장의 구조를 더 환히 파악하게 되었다. 톱니 가운데 박히는 핀과 쇠구슬을 판매하는 공구상을 지나면 옷을 수선하는 골목이 나오는데, 수선 골목에 이르렀을 때 음악 소리를 듣게 되었다. 언젠가 히로에게 설명 들었던 노래. ⟨Let It Be⟩.

'세상 흘러가는 대로 그냥 내버려 두라는 노래죠. 전설적인 노래죠.'

히로는 죽을 때 이 노래를 들었을까. 나는 주머니 속을 뒤져 보았다. 그가 남긴 피 묻은 이어폰 한 짝이 만져졌다. 물로 피를 닦아내느라 닦아 봤지만, 구멍 깊이 박힌 피는 지워지지 않았다. 공구상 골목에서 여전히 음악이 흘러나왔다.

'…… 내가 어려움에 빠질 때면/ 어머니께서 와주셔서/ 지혜로운 말씀을 건네주셨지/ 그냥 내버려 둬……'

나는 흥얼거리며 음악이 흘러나오는 골목 안으로 들어갔다. 잠깐 멈춰 서서 뒤를 돌아다보았다. 골목 끝에 아리가 서 있는 게 보였다. 장대는 보이지 않았다.

'…… 암흑 속에 묻힌 어두운 나날들도 있었지/ 어머니는 내 바로 앞에 서서/ 지혜로운 한 마디를 건네주셨어, 그냥 내버려 두라고/ 상심한 사람들이 좌절할 때에도/ 현명한 대답은 있지/ 답은 있는 법/ 그냥 내버려 두라고/ 그들이 헤어졌더라도/ 다시

금 보게 될 기회가 있으니/ 그냥 내버려 두어라/ 밤하늘에 먹구름이 끼어도/ 나를 밝혀줄 한 줄기 빛은 있으니/ 내일이 올 때까지 비추어주는 것이니/ 그냥 내버려 두어라/ 음악 소리에 잠에서 깨면……."

음악을 듣는 순간 한 가지 더 명확하게 기억 하나가 떠올랐다. 히로는 나와 무척 친했다는 사실, 그는 나를 형처럼 따랐다는 사실, 그리고 그 사실을 매일 잊어먹었다는 사실까지도. 하루가 지나면 이틀의 기억을 잊어버렸고 이틀이 지나면 일주일의 기억을 잃어버렸다. 간혹 잊거나 잃어버린 물건이나 순간을 만나면 어쩌다 기억이 회복되는 수도 있었지만, 기억이 낯설어 나의 기억인지 자신할 수가 없었던 때가 대부분이었다. 어느 순간에는 나의 기억이 진실인지 믿을 수 없는 순간도 만났다. 상상이나 공상이 만든 가상의 기억일지도 모른다는 생각이 들기도 했다.

공장에서 배급되는 물을 마시지 않은 지 오늘로 열흘이 지나고 있었다. 그 후유증은 크고 심각했다. 전에는 인식하지 못했던 영상들이 태풍처럼 몰려와 머릿속을 채웠다. 크기가 맞지 않은 톱니들이 한 궤도 안에 끼워져 뒤죽박죽되어버린 기분이었다. 무언가를 정의 내리고 해결해 나가려면 궤도가 돌아야 하는데 톱니바퀴들이 제각각이어서 궤도가 멈춰버린 꼴이었다. 공장에서 받아온 물병의 물을 변기에 버렸고 수돗물도 마시지 않았다. 비가 오면 몰래 빗물을 받아 마시기 시작하면서 흑색이던 장면들이 총천연색으로 변해버린 기분이었다. 하지만 결코 행복하거나 즐겁지 않았다. 페달러인 나와는 다른 내가 머릿속에 존재한 때문이기도 했다. 한 가지 달라진 게 있다면 '잊으시면 안 돼요, 잊지 마세요'라는 여자의 목소리가 더 이상 들리지 않는다는 점이었다.

나는 부러진 핀들을 모아 절삭하고 갈아 부엌칼이나 젓가락 등을 만드는 가게 앞에 섰다. 골목 입구를 쳐다보니 아리는 천천히 골목 안으로 들어오고 있었다. 건물의 그늘 속으로 들어간 그녀의 얼굴은 그늘보다 더 초췌해 보였다. 몸피도 줄어든 듯했다. 나는 그녀에게 신경 쓰지 않고 공구 가게 안을 들여다보았다. 모두 네 명의 사내들이 화로 앞에 모여 의자에 올려놓은 플레이어에서 흘러나오는 노래를 듣고 있었다. 나는 사내 한 명 한 명 꼼꼼하게 살폈다. 그들은 나와 눈이 마주쳐도 고개를 돌리지 않았다. 한 차례 일별하고 다시 반대로 사내들을 살폈다. 그들도 어느새 나의 등장에 익숙해져 있었다.

"저분이에요."

아리가 어느새 가게 앞까지 다가온 것일까. 아리가 손을 뻗어 한 사내를 가리켰다. 사내가 고개를 들고나와 아리를 쳐다보았다. 화장터에서 본 사내는 머리카락이 길었고 눈자위가 퀭했는데. 허리는 구부정했고 거북목을 지녔던 것으로 기억이 나는데 아리가 가리킨 사내는 얼굴에 윤이 났고 어깨 또한 넓게 펼쳐져 있었다. 눈자위엔 생기마저 돌았다. 한 가지 닮은 게 있다면 눈빛이었다. 이제 나는 나의 기억을 송두리째 믿을 수가 없었다. 그게 아니라면 내가 찾는 사람이 아닐 수도 있었다.

"혹시 달명이라는 분이 누군신지요?"

내가 묻자 세 사내는 아리가 가리킨 사내를 쳐다보았다. 사내가 자리에서 일어났다. 노래는 계속해서 반복되어 흘러나왔다. 그냥 내버려 둬, 그냥 내버려 둬.

"기억나는군. 화장터에 찾아왔던 1212궤도 페달러."

달명이 사내들을 헤치고 가게 앞으로 걸어 나왔다. 그가 가까이 다가온 후에야 달명이라는 사내라는 걸 확인할 수 있었다. 나는 그의 얼굴만 쳐다보며 무슨 말을 꺼내야 할지 주저했다. 어떤 이야기를 꺼내도 적절하지 않다는 생각이 들었다. 그 역시 내게 질문을 하지 않았다. 후두둑 갑작스럽게 굵은 비가 긋기 시작했다. 나와 아리는 습관적으로 우비의 후드를 쓰고도 가게 처마 밑으로 들어갔다. 그런 우리와 달리 달명은 처마 밖으로 나가 입을 벌리고 하늘을 올려다보았다.

"저 빗물만 마신지 열흘이 넘었습니다."

나는 겨우 그 말만 꺼냈다. 달명이 힐끔 나를 바라보았다. 그러고는 다시 비를 먹었다.

회상에 잠길 수 있다는 건 근사한 일이지

달명은 어떤 사실도 입증된 건 없다고 말했다. 어쩌면 빗물에 환각 성분이 들어있어서 우리가 마치 잊어버렸거나 잃어버린 기억을 찾은 듯한 환상을 만들어내는 것인지도 모른다고도 말했다.

"다른 게 있다면 옛날처럼 아무것도 떠오르지 않거나 그렇진 않다는 거지. 그리고 한 가지 더 달라진 점이 있다면 지난 시절들을 생각하며 회상에 잠길 수 있다는 점이야. 이건 정말 근사한 일이지."

회상에 잠길 수 있다는 사실이 가슴을 설레게 했다. 분명한 건 이 경계를 물이 만들어준다는 사실이었다.

"나도 전해 들었던 거야. 지하로 내려간 선배로부터."

"지하로 내려가다뇨?"

"분명 다른 세상이 있을 거라고 말했어. 그건 선배의 선배의 선배들의 입에서 귀로 다시 입에서 귀로 전달된 이야기라고 그러더군."

내가 보름 가까이 찾아 헤맨 시간치고 그의 답은 간결하고 짧았다. 그에게서 더 들을 말이 없었다. 그가 무언가를 결정해 주리라 믿었지만, 그는 그냥 빗물을 먼저 마신 사람에 불과했다는 걸 깨달았다. 그리고 그 역시 빗물을 도시의 물 대신 마시기 전까지 부모에 대한 기억은 나나 아리와 유사하다는 사실을 확인했다. 다른 누군가에게 물어도 같은 대답을 얻겠다는 생각이 들었다. 그건 소름 돋는 일이었다. 우리가 알고 있는 부모라는 존재가 실은 가상의 무의미한 존재일 지도 몰랐다. 그럼 이 도시에서 아이들을 기르는 부모들은 어떤 존재들이지? 그들에게 혜택을 주기 위해 현재 페달러인 인간들의 기억만 쓸어버리고 관계만 끊어버린 것일까? 그 질문에 대해서도 달명은 답하지 못했다. 후자일 가능성이 있다는 정도의 눈짓만 해 보였다.

아리는 자연스럽게 나를 따라 들어온 후 집으로 갈 생각을 하지 않았다. 지금은 테이블을 사이에 두고 마주 앉아 히로의 메모지를 한 장 한 장 펼쳐보았다.

"노란색의 자가용. 누가 몰던 차였을까?"

아리가 먼저 메모지 한 장을 읽어 내렸다.

"햇빛이 그득한 창, 눈물을 흘리는 사람들, 낙엽과 눈, 자전거를 타고 어디론가 쌩하니 달려가는 소년, 대문 앞에 서서 말을 나누던 양 갈래 헤어스타일의 소녀, 거리를 가득 메운 사람들, 촛불, 무너져 내린 궤도와 궤도라고는 단 한 대도 없는 흰색의 도시, 지하의 색다른 문 하나……."

히로는 떠오른 기억들을 일일이 메모했다. 녹색 제복의 군인들에 대한 말도 있었고 예쁜 여자들에 대한 문장들도 있었다. 여러 사람이 모여 격렬하게 이야기를 나누었다는 문장도 재미있었다. '나는 왜 혼자일까?'

메모지들은 어느 순간 흰색에서 청색으로 바뀌었다. 그 바탕에는 페달러들의 이야기가 열거되어 있었다.

가끔 페달에서 발을 떼는 짓도 서슴지 않았다. 털이 많은 강아지, 노래하는 새, 어머니, 아버지라는 단어도 적혀있었다. 메모지엔 내 이름은 물론 1212궤도에서 페달을 밟는 페달러들의 모든 이름이 적혀있었다. 그리고 마지막 읽은 한 장에는 앞에서 읽은 문장과 똑같은 말이 적혀있었다. 지하의 색다른 문 하나.

"난 가볼래요."

아리가 말했다.

"그래 잘 가요. 이제 우리 집 찾아오거나 그러지 말아요. 장대가 어떻게 나올지도 모르니까. 당분간은 그러자고요."

"저 집에 간다는 말이 아니었어요. 지하로 내려가겠다는 거예요."

나는 놀라 그녀의 빤히 쳐다보다 문으로 걸어가던 아리의 팔을 잡았다.

"왜 그래요?"

"이대로 가면 안돼요. 그리고 가면 어디로 가겠다는 겁니까?"

"달명이라는 사람을 만나겠어요."

나는 아리의 팔을 놓지 않았다. 그녀는 내 손을 떼어내려고 기를 썼다.

"잠깐만 생각 좀 하게 가만히 있어 봐요."

갑작스러운 결정으로 진행되는 행동은 늘 위험을 동반했다. 페달러로서의 깨달음이 아니라 과거 언젠가 어떤 결정을 했고 그 결정은 나를 위험에 빠트렸다는 게 느껴졌다. 어떤 결정을 했었고 어떤 위험 속에 빠졌었는지 아직은 구체적으로 기억이 나지 않았다. 언젠가 기억이 나겠지만 지금은 위험의 폭을 줄일 수 있는 한 최대한 줄이는 게 가장 큰 일이라는 판단이 들었다. 달명이라는 사내의 말만 듣고, 히로가 쓴 메모만 보고, 부모의 이미지가 똑같다는 사실만 가지고 페달러로 사는 사람이 성질이 전혀 다른 일을 해야 한다는 건 분명 위험한 일이었다.

"……알아요. 무모하다는 거. 하지만 우리가 공유하고 있는 부모에 대한 이미지랑 공장에서 지급받아 왔던 물은 나를 바보로 만들고 있어요."

"왜 갑자기 무모해지려고 해요? 그럴 필요 없잖아요."

나는 불안하게 흔들리는 그녀의 눈을 들여다보았다. 그녀도 나를 빤히 쳐다보았다. 그녀의 입술이 가늘게 떨었다.

"오래전 기억을 하나 찾았어요. 어쩌면 오래전이 아니라 불과 한두 달 전의 기억인지도 모르겠네요. 탁수 씨를 봤어요."

"나를 보았다는 말이 무슨 말이에요. 지금도 우린 보고 있잖아요."

"페달러가 아닌 다른 사람으로 보았다는 거예요."

그녀의 팔을 잡았던 손에 힘을 풀었다.

"그 기억 속의 나는 어떤가요?"

"하얀 가운을 입고 있었어요. 병실인 거 같았고 당신이 병실을 도는 동안 나는 남자친구와 같이 있었어요. 놀랍게도 내가 남자친구에게 해주었던 말이 이제야 기억난 거죠. '잊으시면 안 돼요, 잊지 마세요'라는 말을 들었어요. 그런데 그 말을 남자친구에게 한 건지 당신에게 한 건지 잘 모르겠어요. 언젠가 누구에게 그런 소리를 한 건지 알 수 없겠죠."

나는 놀라 그녀를 쳐다보았다.

"그렇다 해도 그 기억과 어디인지도 모를 지하로 내려가는 일은 달라요. 지하로 내려가면 단숨에 기억의 진실을 찾을 수 있을 거 같아요? 그저 지하로 내려가는 것만으로?"

나는 고개를 가로저었다.

"그리고 그 사람 말을 믿을 수도 없어요. 전해 들었다는 말한마디에 기대서 지하로 내려간다는 건 너무 무모한 일이에요. 그가 말한 다른 세상이 있는지도 모르고요. 어쩌면 망상일지도 몰라요. 거리엔 그런 인간들이 넘치니까."

"그럼, 우리를 괴롭히는 기억들, 요즘 들어, 더 정확하게 말하면 공장에서 배급해주는 물이랑 집 수도에서 나오는 물 마시지 않은 후에, 그러니까 빗물을 식수로 사용하면서 생긴 기억들. 아니 망상이라고 해도 좋아요. 그 망상들은 너무도 현실적이었어요. 그런 건 어떻게 설명하죠?"

"설명할 수는 없지만, 지하의 세계를 찾아 내려간다고 해서 설명할 수 있을 거 같지도 않아요."

그녀는 고개를 떨어트린 후 발로 바닥을 비볐다.

"나는 내가 왜 그런 기억을 갖고 있는지 알 수가 없었어요.
그런데 하루하루가 지나면서 기억들이 아귀가 맞아 갔어요. 이
도시와는 다른 어떤 도시에서도 난 역기를 들었어요. 어제는 역
기를 들었던 손의 감각이 생생하게 살아났어요. 그리고 이건 아
무에게도 말한 적 없지만……."

아리는 테이블 위에 놓인 물잔을 들고 싱크대 앞으로 걸어갔
다. 그녀가 수도꼭지를 틀어 물을 받는 걸 보고 나는 그녀의 손
에서 잔을 빼앗았다. 물을 모두 버리고 냉장고에 들어 있던 물병
을 꺼냈다. 공장에서 배급받아 온 물병 속의 물을 모두 버리고
빗물을 받아 넣어놓은 물이었다. 물병을 기울이자 병의 바닥에
검은 앙금들이 부유하며 춤을 추었다. 나는 빗물을 따른 잔을 그
녀에게 내밀었다.

"이런 생각을 못 해봤네요. 차갑게 해서 마시니까 빗물의 맛
도 훌륭하네요."

"아무에게도 말 한 적 없는 게 뭐예요."

"그건……. 빗물을 마신 후부터 매일 밤 무릎이 깨지는 극심
한 통증을 느낀다는 거예요. 진짜로 아픈 게 아닌 듯한데 진짜로

아픈 것보다 더 아픈 통증이에요. 그러니까 내 말은 빗물이 잊어버렸던 통증까지 기억나게 해주었다는 거예요. 그리고 그 어느 도시에서 역기를 들다 무릎이 파열되는 사고를 당했다는 사실도 알게 되었어요. 역도 선수의 꿈도 접었고 병원에 있던 그 남자가 내게서 멀어지던 기억도 찾아왔어요. 이건 망상이나 꿈이랑은 달라요. 이건 현실적이었어요. 그 주변의 기억들이 가물가물 피어오르는데 제게 뭔가를 말해주려고 하는데 무릎 통증 때문에 매번 그 기억을 붙잡지 못하고 현실로 돌아와요."

"그래서?"

"그래서 전 지하로 가볼래요. 막연한 생각이지만 그곳엘 가면 진짜 내가 누구인지 알 수 있을 거 같아요."

"누구긴 누구입니까? 1212궤도의 세 번째 페달러지."

"그건 이 도시에서고요. 진짜 내가 있는 도시요."

"그럼 지금 여기에 있는 아리 씨와 난 가짜고?"

"그런 말 아니라는 거 아시잖아요. 페달러인 나 말고 페달러 이전의 나 말이에요. 내겐 역기를 들었던 기억이 페달러 이전의 기억 전부예요. 그래도 난 역도 선수이긴 했어요. 이 도시에서도 그랬고. 그 이전의 도시에서도 그랬을 거예요. 그런데 탁수 씨는 페달러 이전에 뭐였죠?"

"그게 그러니까 소년이었거나 청년이었거나 그냥 하급 궤도의 페달러였거나 그랬겠죠."

"추측이 아니라 정확하게 기억나는 게 있어요?"

나는 입을 다물었다. 근래에 들어 더더욱 어제의 기억이 미래에 다가올 내 꿈처럼 여겨지기도 하고 아주 오래전의 기억인 듯한데 아침에 겪은 일처럼 느껴지기도 했다. 기억은 시간의 순리를 배반한 지 오래되었다. 단순하게 뒤섞이는 게 아니라 어린아이가 페달을 밟고 있는, 말도 안 되는 그림으로 조합되어 떠올랐다. 뒤죽박죽으로 기억이 섞여 나는 나를 알 수가 없었다. 현재의 내가 누구인지도 자신 있게 말할 수가 없었다. 아리는 나를 물끄러미 쳐다보다 문을 열고 밖으로 나갔다. 그녀의 극성에 끌려가듯 나도 집을 나서고 말았다. 문득 그녀를 따라 지하로 내려가면 히로를 만날 수 있을지도 모르겠다는 생각이 들었다.

페달러로 살고 페달러를 위해 살고
페달러에 의해 살아

달명이 보이지 않았다. 공구상 주변과 시장을 두어 차례 맴돈 후 다시 찾아가 보았지만, 그는 없었다. 공구상의 사람들에게 물어보아도 모른다고 대답했다.

"혹시 백발의……. 달명이라는 남자분 어디 가셨는지 모르시나요?"

지하의 이야기는 망상이며 만들어진 기억처럼 실제로는 존재하지 않는 이야기일지도 모르겠다는 생각이 들었다. 아리는 도로 한복판에 서서 퀭한 눈으로 골목을 둘러보았다. 나는 길가 가로등 기둥에 어깨를 의지한 채 서 있었다. 밤보다 더 어둔 어둠이 몰려오고 있었다. 가로등이 희미하게 불을 밝혔다. 가로등 주변으로 날벌레 몇 마리가 모여들어 전등갓에 머리를 부딪쳤다. 도로를 지나가는 소형차들이 아리를 비켜 지나갔다. 공용버스가 지나가면서 클랙슨을 울리자 그제야 아리는 내가 서 있는 쪽으로 걸어왔다.

"우리의 삶은 그냥 궤도인지도 몰라요. 궤도를 돌려야 하는 삶을 답답하고 지루하게 느낀 인간들이 이런저런 이야기들을 만들어낸 것인지도 몰라요."

"그럼, 내 무릎의 통증은? 그리고 선명한 목소리는 뭐죠? 누가 조작해서 제게 집어넣을 수 있는 그런 종류의 일이 아니라는 거 알잖아요. '잊으시면 안 돼요, 잊지 마세요.' 쉴 새 없이 그 음성이 들려요. 이젠 그 말을 하는 게 나인지 탁수 씨인지 모르겠어요. 분명한 건 내가 뭔가를 잊어버렸다는 거예요. 이 도시가 아니라 이 도시 이전의 어떤 시간과 어떤 장소에서요."

두 시간 후면 1212궤도가 돌아가야 할 시간이었다. 요기를 하고 적어도 30분 전에는 출근을 해야만 했다. 장대가 눈을 벌겋게 뜨고 나와 아리를 기다리고 있을 터였다. 인생이라는 게 그냥 페달이나 밟으며 살면 되는 게 아니던가. 도시의 빛을 만들어주고 도시 농장에 물을 공급해주고 공장을 돌아가게 하고 안온한 집을 주고 집에서 사랑을 나누고 아이들도 낳고 늙고. 소년이 자라 건강한 청년이 되면 다시 페달을 밟고. 그 패턴은 내가 아는 한 가장 이상적인 삶이었다. 애써 무언가를 받아들이거나 거부할 필요도 없고 특별한 각오나 눈물 없어도 살아갈 수 있는 이 세상이 축복이지 않은가. 그런데 인간의 생각이란 요물이어서 한번 극단의 실마리를 풀어내면 그 끝을 모르고 풀리는 실타래일 터였다.

"그런 지도 모르죠. 하지만 전 히로 씨가 사고로 죽은 거라고는 생각하지 않아요."

"그럼?"

"여기엔 가짜만 있다는 걸 알았다고 생각해요."

"말도 안 되는 소리. 우리 출근해야 해요."

"갈 수 없을 거 같아요."

나는 그녀의 손목을 잡았다. 그녀는 내 손을 떼어내려고 용을 썼고 나는 그녀의 손목을 놓지 않으려고 기를 썼다. 시장을 오가는 사람들이 나와 아리의 몸싸움을 힐끔거리며 지나갔다.

"궤도 역사상 결근은 없어요. 사고로 궤도가 멈춘 적은 있지만 1212궤도는 단 한 번도 멈춘 적이 없고 페달러가 결근한 일은 더더군다나 없어요."

"그게 진실인지 어떻게 알죠? 실은 오래전에도 멈춘 적이 있었고 누군가 결근을 하기도 하지 않았을까요?"

"그럼, 지금을 이어나갈 수 없었을 테니까."

나는 그녀의 손목을 잡고 버스 정류장 쪽으로 걸어갔다. 그녀는 발에 힘을 주고 버텼지만, 아직 그녀의 힘이 내 힘을 감당하기엔 부족했다. 그녀는 끌려왔다. 정류장 앞에 서서도 나는 그녀의 손을 놓지 않았다.

"현재를 잃어버리면 다음의 기회를 영영 찾지 못할 수도 있어요. 오늘은 일단 출근해요. 장대가 오늘까지 정상적인 페달러로 돌아오지 않으면 관리부에 고발한다고 했어요. 현재를 잃어버리면 미래는 물론 우리가 찾고자 하는 과거까지도 모두 잃어버릴 수도 있어요."

힘주어 버티던 그녀가 손에서 힘을 뺐다. 하지만 나는 그녀의 손목을 잡은 손의 힘을 줄이지 않았다. 버스에 오른 후에야 그녀의 손을 놓아주었다.

장대는 우리를 기다리고 있었다. 아리와 내가 현장에 나타난 걸 확인하자 그의 얼굴에 미소가 피었다.

"제발 엉뚱한 생각 좀 하지 마. 이 도시 최고의 페달러가 흔들렸다는 게 믿어지지 않네. 탁수, 나는 이 도시의 누구보다 너를 존경해. 힘, 절도, 여운까지 이 도시에서 가장 완벽한 페달러는 너뿐이야. 너는 모르겠지만 다른 페달러들의 롤 모델이 바로 너야. 그런 네가 흔들린다는 건 상상할 수도 없지. 누구보다 우리 현실을 잘 아는 사람이 흔들렸다는 게 믿기질 않아. 아무튼 나 더 이상 걱정 안 해도 되는 거지?"

장대는 나를 끌어안았다. 아리에겐 손까지 내밀었다. 여자 손잡는 일이 제 몫의 손잡이를 잡는 일보다 더 끔찍하다고 농담했던 그였다.

궤도가 돌았다. 1212 궤도가 돌고 또 돌았다. 도시는 아무런 이상 없이 굴러갔다. 마음이 잠깐 어지러웠을 뿐 달라진 건 없었다. 하지만 한 가지 달라졌다. 나는 더는 공장에서 배급한 물을 마시지 않았다. 내가 들고 다니던 물병 속의 빗물을 마셨다. 가끔 장대가 나를 쳐다보긴 했지만, 그의 눈길을 모른 척했다. 나 역시 아리처럼 이해할 수 없는 통증을 경험했고 그 통증은 시도 때도 없이 발작처럼 일어났다. 심장이 놓인 자리 가슴 한복판을 예리한 톱니바퀴가 스치며 지나가는 듯한 통증. 칼로 도려낼 수도 없는, 눈에 보이지도 않고 손으로 잡을 수도 없는 어떤 지점에서 그 통증은 시작되었다가 어느 순간 꿈처럼 사라져버렸다. 극심한 갈증을 달래려고 빗물을 마실수록 통증이 시작된 그곳에 가야 한다는 절박함이 가슴속을 촘촘하게 채워나갔다. 예전엔 가슴이 텅 비어 있었다는 걸 알지 못했다. 시간의 질서를 무시한 기억들이 피어오르며 페달러의 삶이 전부였을 땐 가슴이 텅 비어 있었으며 그 빈 속의 끝이 없었다는 사실도 깨달았다. 다리에 필요 이상의 힘이 들어갔다. 종아리근의 근육에 경련이 일어나고 있었다. 그 순간 등 뒤에서 비명이 들렸다. 아리의 비명이었다. 고개를 안으로 숙여 뒤를 쳐다보았다. 아리가 안장에서 떨어졌다. 타이머를 살펴보았다. 궤도가 멈추려면 10분을 더 페달을 밟아야만 했다. 나는 내 의식과는 무관하게 안장에서 뛰어 내려갔다. 장대의 눈이 휘둥그레졌다. 그는 금방 상황을 파악하고 안장에서 엉덩이를 들고 페달을 밟기 시작했다. 두 사람의 몫까지 그가 해내야만 했다. 나는 바닥에 쓰러진 아리에게 다가갔다. 그녀는 무릎을 감싸 쥔 채 몸을 말고 있었다.

"봐요."

그제야 그녀가 천천히 몸을 풀고 바닥에 누웠다. 나는 그녀의 왼쪽 바짓가랑이를 허벅지 쪽으로 걷어 올렸다. 여느 남자들 못지않은 힘을 지닌 몸이었지만 남자들의 피부와 달리 그녀의 피부는 촉촉했다. 그녀의 피부에 손을 닿는 순간 잠깐 섬뜩했다. 하지만 그녀는 통증으로 내 손이 닿고 있다는 걸 느끼지 못하는 듯했다. 나는 그녀의 무릎을 살폈다. 그녀가 손바닥으로 잡아 뜯어낼 듯 쥐고 있는 부위는 슬개골 부근이었다. 무거운 무게의 기구들을 들어 올리면서 연골이 닳아 발생하는 통증이라는 판단이 들었다. 나는 무릎 슬개골의 좌우 양편을 살폈다. 그런 후 슬안혈을 잡고 강하게 누르기 시작했다. 통증의 강도보다 더 강한 힘으로. 내가 어떻게 그런 걸 알고 있는지 그리고 당황하지 않은 채 일을 처리할 수 있는지 나 자신도 알지 못했다. 불현듯 떠오른 슬개골이나 슬안혈이라는 단어를 나는 지금까지 사용하거나 떠올려 본 적이 없었다는 생각도 들었다. 그런데 지금 이 순간 매우 익숙하게 떠올랐다. 늘 입에 붙이고 살았던 단어처럼 고민이나 의심 없이 떠올랐다.

나 자신도 놀라웠지만, 장대 그리고 아리 역시 놀란 눈으로 나를 쳐다보았다. 그동안 궤도는 멈추었다. 장대는 가슴을 벌렁거리며 서서 아리의 무릎을 누르고 있는 나를 내려다보았다.

"지난번엔 술집 앞에서 여잘 응급조치로 구하더니 지금은 무릎을 치료하고 있네. 어때요, 아리 씨?"

장대의 말투 속에 비아냥이 가득 들어있었다.

"뭐가요?"

"무릎이 어떠냐고요?"

"그게 저 아깐 너무 아팠는데 지금은 하나도 아프지가 않아요."

누군가 계단을 밟고 올라오는 소리가 들렸다. 장대는 서둘러 뒤돌아서서 계단을 올라오는 페달러들을 물렸다. 전에 없이 궤도가 무거워졌다, 궤도 점검이 미흡한 게 아니냐, 소란스러운데 무슨 일이냐, 비명은 어디서 난 거냐……. 장대는 궤도 점검이 덜 되었고, 옆 궤도에서 난 비명이라며 페달러들을 휴게소로 내몰았다.

"이제 가지가지 한다. 정말."

장대는 가슴이 푹 꺼질 정도로 크게 한숨을 내쉬었다.

"다른 궤도는 몰라도 우리 궤도에서 여자를 받는 건 아직 무리라고 몇 번 의견서를 냈었는데."

"죄송해요."

아리가 고개를 모로 꼬았다.

"너는 모르면 가만히 있어."

"내가 뭘 모르는데?"

나는 아리의 무릎 슬안혈을 계속해서 압박했다.

"좋아. 내가 뭘 모르는지 모르겠지만 한 가지는 분명하게 할 게. 다른 궤도는 모르겠어. 하지만 우리 궤도가 멈추는 걸 난 용서할 수 없어. 그러니까 두 사람 엉뚱한 생각들 하지 말고 몸 관리 잘해. 만약 우리 궤도가 멈추게 되면 난 우리 궤도를 아예 박살을 내버릴 거니까. 우리 궤도는 궤도이기 이전에 우리 자신이란 말이야. 그러니까 제발 정상으로 되돌아가자고."

"정상? 정상이 뭔데?"

아리는 통증이 가셨는지 내 손을 떼어냈다. 장대는 계단을 내려가다 멈추었다. 나는 일어선 후 그를 내려다보았다. 아리는 앉은 채 그와 나를 번갈아 보았다.

"이 도시에서 정상은 페달러로 살고 페달러를 위해 살고 페달러에 의해 살아가는 거야."

장대는 다시 계단을 내려가기 시작했다.

달라질 건 없어

멀리 쓰레기 소각장의 굴뚝이 보였다. 굴뚝에서는 오늘도 어김없이 흰 연기가 맹렬하게 치솟고 있었다. 제법 굵은 빗줄기도 연기의 의지를 이겨내지 못하는 듯했다. 나는 시선을 거두어들인 후 소각장 사무실을 쳐다보며 곧장 앞으로 걸어 나갔다. 신발 바닥에 물이 차올랐다. 걸을 때마다 신발 속의 물이 찰박거렸다. 나는 걷다 지치면 처마 밑에 서서 빗물을 받아마셨다. 이젠 더 이상 비릿한 냄새나 맛이 느껴지지 않았다. 어느 처마 밑에선 물병에 빗물을 가득 받아 채우기도 했다. 나는 쓰레기 산을 지나 소각장 사무실을 향해 걸어 나갔다. 평면을 이룬 궤도는 지난번에 마주했을 때보다 더 많은 색색의 물건들이 붙어 있었다. 잠깐 멈춰 서서 궤도를 바라보았다. 페달이 돌고 궤도가 돌자 색도 섞이며 현기증이 일어났다. 현기증 뒤엔 묘한 안도감이 몰려왔다.

"지난번에 왔던 페달러죠?"

달명을 찾을 수 있도록 이야기해 준 관리인이 나를 알아보았다. 그는 궤도 앞머리에 붙어 있는 사이렌을 조작했다. 패턴은 똑같았다. 다만 사이렌이 아니라 음악이라는 게 달랐다. 한 번의 예비 행진곡이 울리고 다음 정지 행진곡이 울렸다. 궤도가 여운을 남기며 천천히 멈추었다. 소각장의 굴뚝에서 피어오르던 연기도 흐물흐물해지며 맹렬한 기운을 풀었다.

"오늘은 무슨 일로 오셨소?"

그는 주머니를 뒤져 담배를 꺼내 물었다. 궤도에서 내려선 페달러들 어깨와 머리에서 김이 모락모락 피어올랐다. 그들은 나와 관리인을 한 차례씩 일별하고 휴게소 쪽으로 걸어갔다.

"달명을 찾을 수가 없어요."

"지난번에 말해줬잖아요."

"만났었죠. 공구 골목의 한 가게에서."

"그런데요?"

"다시 만나려고 찾아갔는데 사라졌어요. 거기 사람들도 어디로 갔는지 모른다고 하고요."

관리인의 눈매가 점점 일그러졌다. 묘한 기분이긴 하지만 그

눈매도 언젠가 본 적이 있었다는 느낌이 들었다.

"결국 일을 저지른 모양이네."

"무슨 말이죠?"

"별말 아니에요. 그 인간은 결국 제멋대로 살 인간이었으니까. 그러니 이 도시에 적응을 못 했겠지만."

나는 뒤돌아서려던 그의 손을 잡았다.

"뭔가 다른 게 있을 거 같죠? 내가 보기에 그런 건 없어요. 궤도와 궤도가 있을 뿐."

"그럼 이 도시에서가 아닌 다른 어떤 곳이 배경인 기억들을 뭐라고 설명하죠?"

그가 몸을 돌렸다. 그의 어깨너머 멀리 아리의 모습이 보였다. 그녀도 소각장으로 오리라 예상했기에 그녀의 등장은 놀랄일이 아니었다. 관리인은 내 눈길을 따라 고개를 돌려 뒤를 확인했다. 아리는 우비를 입은 채 빗속에 서 있었다.

"우리가 도시에서 공급하는 물을 끊은 후 다른 기억들을 가지게 된 건 부정할 수 없어요. 그렇다고 해서 다른 공간 다른 시간이 존재한다고 확신할 수는 없어요. 그건 꿈 같은 것이리라고 생각해요."

"당신들은 모두 그렇잖아요. 이 도시의 기억이 아니라 전혀 다른 강렬한 리얼리티의 기억을 확인했잖아요."

"그래서? 그래서 우리의 삶이 달라질 거 같아요? 내가 찾은 다른 기억들이라는 거 여기에서의 시간과 별반 다르지 않아요. 그냥 노동자일 뿐. 다른 노동을 하죠. 다른 게 있다면 비가 이곳처럼 많이 내리진 않는다는 정도? 아내가 있고 아이가 있고 하루를 살아내야 하는 명제가 있고……."

"기억은 그러니까 어쩌면 진짜 나를 찾아낼 수 있는 그런 거잖아요."

"진짜 나를 찾아내서 진짜 나를 만나게 되면 그 후엔?"

관리인이 내 손아귀에서 손을 빼냈다.

"인간이 염세적이군. 아이들에게도 인생 별거 없다고 가르치겠군."

관리인의 오른쪽 입가의 입꼬리가 위로 슬쩍 올라갔다. 처마 밖으로 나간 그의 오른쪽 어깨 위로 처마를 타고 떨어지는 빗줄기가 흘러내렸다.

"진짜 나를 찾는다고 해도 달라질 건 없어. 내가 누구인지 확인했다고 해서 달라지는 건 없다고. 나는 달명이나 너희들 같은 망상꾼들 하곤 달라. 나는 현재에 충실하니까. 현재를 부정하는 게 더 염세적인 거 아닌가? 설령 현재가 누군가에 의해 조작된 것이라 해도 내 행동은 같을 거야."

그가 등을 보이며 돌아섰다. 나는 낯선 도시 한복판에 홀로 버려진 기분에 휩싸였다.

"난, 도시의 물을 끊기 전부터 다른 기억들 때문에 미쳐가고 있었단 말이야! 너는 진짜 네가 누구인지 궁금하지 않다고?"

그는 잠깐 걸음을 멈추었다가 우비의 후드를 눌러쓴 채 사무실 쪽으로 걸어갔다. 그 대신 아리가 내 쪽으로 걸어왔다.

"나올 때 집 앞에서 장대 씨를 만났어요. 탁수 씨가 집에 없다며 나를 찾아왔더군요. 모른다고 말했는데 여기 있었군요."

아리는 내 곁에 서서 관리인이 들어간 사무실을 바라보았다. 나는 이제 어디로 갈 것인지 알 수가 없어 한 걸음도 움직이지 못한 채 서 있었다. 그건 아리도 마찬가지였다. 지하로 간다지만 지하로 가는 길이 어디에 있는지, 지하로 갈 수 있는 이정표 따위는 있는지. 그런 친절함은 이 도시에 존재하지 않았다. 어딘가로 떠날 수 있는 지하의 길이 있다는 사실조차 사실인지 거짓인지 알 수 없었다. 빗물을 마시기 전까지 산발적으로 떠올랐던 기억들은 물론 빗물을 마신 뒤로 떠오른 낯선 기억들조차 모두가 어쩌면 망상일 지도 모르겠다는 생각도 들었다. 하지만 가슴 시린 통증이나 무릎이 끊기는 듯한 아리의 통증도 망상이 빚어낸 일일까 싶었다.

그저 기억과 망상 사이를 헤매고 있을 때 사무실에서 관리인이 나왔다. 그는 빠르지도 느리지도 않은 걸음으로 내 쪽을 향해 걸어왔다. 그의 머리에 쓴 우비 후드에서 빗물이 줄지어 흘러내렸다. 어깨 위로 빗줄기가 떨어지며 리듬을 만들었다. '궤도에서 시작해서 궤도로.' '잊으시면 안 돼요, 잊지 마세요.' 왜 하필이면 그 리듬만 떠올랐을까. 너무 오랜 세월 그 리듬에 세뇌되어왔다는 사실을 깨달았다. 그가 우비 후드를 벗었다. 검은 그의 머리카락이 삽시간에 비에 젖어 그의 머리통에 달라붙었다. 시원해 보였다.

"달명이 어디로 간 건지 난 몰라요. 지하로 갔을 거라 추측은 할 수 있어요."

그의 말이 빗물과 섞여 흘러나왔다. 나는 그의 팔을 잡고 처마 아래로 끌어들였다. 그의 머리통에서 김이 모락모락 피어올랐다.

"지하는 어떻게 가는 거죠?"

"나도 몰라요. 달명도 모르고. 그 인간도 추측만 했을 뿐."

"그럼 그 추측이라도 가르쳐줘요."

이번에는 아리가 끼어들어 물었다.

"사실 추측이랄 것도 없어요. 두 분도 이미 알고 있을지도 모르니까."

그는 얼굴에서 흘러내리는 빗물을 손바닥으로 훔쳤다. 나 역시 그의 대답을 듣지 않아도 알고 있을 것이라는 생각이 들었다. 다만 기억을 잃어버렸거나 누군가 지웠을 거라 짐작이 갔다.

"모든 궤도의 끝엔 궤도에서 모은 전기를 어딘가로 보내는 전선이 연결되어 있어요. 전기는 전선을 따라 축전소로 모이고 축전소에서 다시 변압기로 보내졌다가 알맞은 크기로 각 지역에 보내지겠죠. 그 끝."

나도 모르게 무릎을 쳤다. 그리고 언젠가 그 끝을 뚫고 지하 세계로 발걸음을 내디뎠던 적이 있었다는 사실도 깨달았다. 그런데 그 영상이 기억인지 상상인지 자신할 수는 없었다.

"달명이라면 아마 화장터를 찾아갔을 겁니다. 그 궤도로. 거긴 게다가 경비나 감시가 소홀하기도 할 테고."

그가 다시 우비 모자를 썼다.

"존재 증명해 봐요. 그래서 증명이 되면 나에게도 좀 알려줘요. 내가 사는 이 세상이 진실인지 아니면 진실이 다른 곳에 있는지. 하지만 난 내가 살아가는 그 자체가 진실이 아닐까 싶네요. 혹 달명을 만나면 지난번에 들고 간 가방을 돌려달라더라고 전해주세요. 딸아이가 아끼는 가방을 몰래 가져가는 놈이 어딨어."

그는 빗속으로 들어갔다. 빗줄기는 좀 더 굵어졌다. 그가 마당 중심으로 걸어가는 동안 사무실 처마 아래 서 있는 남자가 내쪽을 빤히 쳐다보고 있는 걸 알아차렸다. 관리인이 사무실에 다다른 후 남자가 그에게 뭔가를 물었다. 그는 고개를 내밀고 내쪽을 살피다 갑자기 뛰어오기 시작했다. 그는 장대였다.

단순한 반대

1212, 우리는 익숙한 궤도를 택했다. 사실상 내게 가장 익숙한 궤도였다. 각각의 톱니바퀴 중심에 박힌 핀의 크기에서부터 각 바퀴의 기울기, 핀이 닳은 정도까지 알고 있었다. 그동안 내가 무심하게 생각했던 건 우리가 생산한 전기가 어떻게 축전소까지 흘러가느냐였다.

"꼼짝도 하지 않아요."

궤도 꽁무니와 지하를 연결하는 뚜껑의 핸들은 미동조차 하지 않았다. 아리의 얼굴이 붉으락푸르락 달아올랐다가 서서히 식어갔다. 궤도에서 흘러내린 굵은 전선이 땅속 어딘가로 향했다. 전선이 간 길을 확인하면 어쩌면 다른 세상으로 진입할 수 있는 길을 찾을 수 있을지도 모른다는 생각이 들었다. 한편으론 두렵고 무서웠다. 문을 건너가면 존재할지도 모를 다른 세상이 진실이어도 거짓이어도 두려움이나 무서움이 가실 것 같진 않았다.

이번엔 아리와 내가 핸들을 같이 잡고 돌리기 시작했다. 그녀와 나는 모든 나사가 돌아가는 방향으로 힘을 주었다. 나사가 돌아가는 방향은 진실의 방향이라 말할 수 있지 않을까. 나와 아리는 핏줄이 살갗을 뚫고 나올 정도로 힘을 쏟아부었다. 하지만 핸들은 꼼짝도 하지 않았다.

"우리 집은 어떻게 되는 거죠?"

이 와중에도 아리는 질문을 했다.

"누군가 들어가겠지. 어쩌면 아무것도 알아내지 못한 우리가 다시 돌아갈지도 모르고."

"이젠 너무 늦지 않았나요?"

나는 그 말에는 대꾸할 단어들이 떠오르지 않았다. 문을 열고 안으로 들어간다고 해서 그녀나 내가 궁금해하는 사실들이 밝혀질 것인지 알 수 없었다. 그렇다고 망상에 가까운 기억들의 실체나 진실 따위를 밝혀낼 수 있을 거라 믿지도 않았다. 그럼에도 나의 무의식은 자꾸만 궤도를 떠나게 했다. 무의식이 이끄는 대로 흘러왔다. 문이 열리면 이 세상과 완전한 이별이 될지도 몰랐다. 살아남을지도 알 수 없었다. 그럼에도 몸과 마음은 알지도 못하는 세상을 보고 싶다는 열망으로 가득 차 심장이 델 정도였다.

해가 뜬다고 짐작되는 방향 쪽에서 무거운 발소리가 들려왔다. 확인해 보지 않아도 장대의 발걸음이라는 걸 알 수 있었다. 나는 전신의 힘을 손에 집중시켰다. 그녀도 발소리를 들은 모양이었다. 얼굴이 빨갛게 달아오르고 팔뚝이 부들부들 떨 정도로 힘을 주었지만, 지하를 감춘 문은 꼼짝도 하지 않았다. 발소리는 가까워졌다. 그런데 하나의 발소리가 아니었다. 점검조도 빠져나간 1212궤도였다. 여러 개의 발소리는 사람들이 몰려오고 있다는 말이기도 했다. 각오한 바였지만 이렇게 빨리 압박이 오리라고는 예상하지 못했다. 초 단위로 시간이 흐르며 뭔가 어긋나 있다는 생각을 떨쳐 버릴 수가 없었다. 결국 문은 열리지 않았다. 그녀와 나는 그대로 바닥에 누워버렸다. 전신을 채웠던 힘이 한순간에 빠져나가자 머릿속이 깨끗해지면서 단 하나의 장면이 선명하게 떠올랐다. 흰 가운과 흰 병실 그리고 누워있는 여자, 여자는 눈물을 흘리고 있었고 병실 문 앞에는 허리에 총을 차고 제복을 입은 남자들이 서 있었다. 그들 사이에 얼굴이 희고 늙은 남자도 보였다. 그는 팔짱을 끼고 서서 병실 안을 들여다보았다.

나는 다른 사람들보다 그를 살폈으며 몇 차례 그와 눈이 마주쳤지만, 눈길을 피한 건 나였다. 이 장면이 어떤 연유에 기인한 것인지 알 순 없었지만, 가슴 전체가 저릿해지면서 아파 왔다. 그리고 눈물이 흘렀다. 딱히 어떤 이유인지 알지도 못하면서.

"우리 머릿속에 떠오른 모든 게 사실은 거짓이었을까요? 모두의 아버지와 어머니가 똑같다는 건 현재가 거짓일 수도 있다고 말하지만."

발소리가 이젠 가까워졌다. 보통은 운동화를 신고 다니는 페달러들의 발걸음이 아니었다. 딱딱하고 일정한 리듬이라곤 없는 구두 소리였다. 보안요원들이거나 관리부 직원이라는 말일 터였다.

"세상은 어쩌면 복잡한 게 아닌지도 모르겠어요. 그냥 단순한 거죠. 끝없이 돌아야 하는 궤도처럼 말이죠."

그녀의 입에서 나온 '단순'이라는 단어 한 마디가 안개로 가득했던 머릿속을 걷어냈다. 나는 벌떡 일어나 앉아 핸들을 반대로 돌려보았다. 잠깐 버티던 핸들은 어이없게도 쉽게 돌아가고 말았다. 아리도 놀라 자리에서 벌떡 일어났다. 계단의 어긋난 철제 골격의 틈으로 제복을 입은 요원들과 장대가 보였다. 장대의 시선이 나를 찾았고 나 역시 그의 눈을 찾았다. 그사이 두껍고 큰 문을 위로 열어젖혔다. 매캐하고 비릿한 냄새가 코를 찔렀다. 아리가 잠깐 나를 쳐다보았다. 그녀는 눈으로 물었다. 갈까요?

나는 장대를 쳐다보았다. 그도 내게 눈으로 말했다. 다른 세상을 찾는다고 해서 사는 게 달라질 거 같아. 천만에, 인간은 그냥 살도록 운명 지어진 동물이야. 최고의 페달러가 이렇게 도망가면 다른 페달러들이 현재를 어떻게 감당하겠어.

아리가 한 발을 커다란 구멍 안으로 밀어 넣었다. 장대와 같이 몰려온 요원들이 금방이라도 덮칠 기세였다. 가지 마. 우리 궤도는 어떡하고? 이 도시 최고의 궤도를 멈추게 할 순 없잖아. 망상에서 그만 벗어나. 거긴 우리 도시보다 더 지독한 암흑밖에 없을 거야. 그들은 내 쪽으로 서서히 다가들었다.

내 몸에 배어 자연스럽게 흘러나온 경험들이 아니었다면 문을 여는 일 따위는 없었을지도 몰랐다. 발작을 일으켰던 여인에게 응급조치를 취하면서도 나는 어떤 자각도 하지 못했다. 이제야 분명하게 어떤 일들이 기억났다. 의사였을 지도 모를 삶. 장대가 금방이라도 잡아챌 듯 다가왔다. 아리는 이미 머리까지 구멍 안으로 밀어 넣었다.

"한번 가볼게."

나는 그 말을 남기고 훌쩍 구멍 쪽으로 몸을 던졌다. 장대와

요원들이 달려들어 원형의 문 모서리를 잡았다. 나와 아리는 문의 돌출된 부위를 잡고 필사적으로 아래로 잡아당겼다. 장대와 요원들은 위로 끌어올리고 우린 아래로 끌어내렸다. 도망가는 자의 힘은 쫓는 자들의 힘에 비할 바가 아니었다. 불과 1분여 만에 모든 게 결정 났다. 그녀는 바닥에 내려서 손짓을 했다. 나는 마지막으로 장대와 눈을 마주쳤다. 그의 눈에 염려와 두려움이 범벅이 되어 나타났다. 나는 다시 한 차례 마음으로 말했다. 장대 갔다가 올게. 가능하다면 돌아올게.

출입문이 닫혔다. 이 세계와 저 세계를 가르며 닫힌 문이 굉음을 냈다. 공장 바닥이 부르르 떨었다. 장대도 문을 열기 위해 나사의 법칙을 따르고 기를 쓰겠지. 실은 세상은 단순한 반대의 힘에 의해 돌아가기도 한다는 걸 깨달았을 때 우리는 도시의 끝 혹은 도시의 시작에 가 닿아 있을지도 몰랐다.

세상의 끝이 세상의 시작

우리는 전선을 따라 움직였다. 통로는 공용버스가 지나갈 정도로 넓었다. 어디에서 들어오는 빛인지 알 수 없지만 희미한 빛이 길을 잡아 주기까지 했다. 바닥엔 물이 세차게 흘렀다. 선은 벽을 타고 이어지다가 바닥의 물길을 건너기도 했다. 다른 통로에서 흘러들어온 선들이 우리가 잡고 앞으로 나가는 선들과 몸을 섞었다. 반듯하게 나가기도 하고 구불구불 이어지기도 했다.

통로는 거무스름했다. 사람의 그림자는 없었으며 쥐새끼 한 마리 다니질 않았다. 우리가 달리할 수 있는 일은 없었다. 그저 앞에 펼쳐진 길을 걸어갈 뿐이었다.

우리가 길잡이 삼은 전선은 골목 사이사이에서 흘러나온 전선들과 만나거나 흩어졌다. 아리와 나는 전선이 지나가는 길을 따라 움직였다. 비슷한 골목과 단조로운 풍경이 이어졌다. 어느 골목으로 들어가나 결국 한 곳에서 만날 것이라는 생각이 들었다. 비슷한 통로를 지나다 보니 언젠가 걸어본 듯한 기분에 사로잡히기도 했다.

그녀와 나는 걷고 또 걸었다. 문을 열고 들어오기 전까지는 언제든지 다시 궤도로 돌아갈 수 있으리라고 생각했다. 오산이었다. 문이 닫히는 순간 영원히 돌아갈 수 없다는 걸 깨달았다. 다른 세상이 거짓이라면 아리와 나는 이 지하에서 생을 마감할 수도 있겠다는 생각도 들었다.

하루 종일 걸은 듯한데 끝은 보이지 않았다. 누군가에게 물어볼 수도 없었다. 딱딱하고 지루한 풍경, 통로를 채우는 윙윙거림, 굵은 전선. 아무런 변화도 없고 누구도 나타날 리가 없었다. 하지만 그 예상도 간단하게 깨지고 말았다. 멀리서 구둣발 소리가 희미하게 들려왔다. 아리가 나를 쳐다보았다. 나는 망설이지 않고 대답했다. 돌아갈 수 있으니 돌아가고 싶으면 돌아가라고. 그녀는 고개를 저었다.

"우리 도시 밑에 이런 거대한 길이 있을 거라곤 생각해 본 적이 없어요. 그래서 내가 생각하지 못했던 무언가가 저 끝에 더 있을지도 모르겠다는 생각이 들어요. 가볼래요. 그리고……. 되돌아갈 수도 없고요."

하지만 우린 뛰어 도망가지 않아도 되었다. 구둣발 소리는 점점 멀어졌고 어느 순간 들리지 않았던 때문이었다. 그리고 한 가지 묘한 사실 하나를 깨달았다. 구둣발 소리의 주인이 장대와 도시의 사람들이라면 우리를 추적하는 걸 포기했다는 사실이었다. 그러자 여러 가지 일들이 나를 쥐고 흔들기 시작했다. 반대로 쉽게 열렸던 문, 거대한 지하의 통로, 쫓는 듯하면서 쫓지 않는 무리들. 그런 사실들을 인식하자 긴장이 풀리고 맥이 빠졌다. 위험하고 중대한 사안이었다면 아리와 내가 이토록 쉽게 활보하도록 내버려 두지 않았을 것이라는 결론에 도달했다. 어쩌면 끝은 없고 끝에 다다라 예전의 도시로 아무 일 없었다는 듯 돌아갈지도 몰랐다. 하루 이틀 결근한 것으로 시말서 쓰고 다시 예전처럼 궤도의 페달을 밟으며 페달러로의 삶을 살아갈지도 몰랐다. 느닷없이 떠오른 기억들에 휘둘려 무모한 짓을 벌인 것인지도 모르겠다는 후회도 밀려들었다.

다리에서 힘이 빠져나가고 현재 상황에 대한 회의가 들기 시작했다. 끝에 가본다 한들 다른 세상이 펼쳐져 있을까 하는 의구심이 다시 싹텄다. 인간이란 영원히 미래를 알 수 없는 존재이지 않은가. 전선의 끝에 새로운 전선이 있을 뿐이라는 생각이 밀려

들었다. 그럼에도 내 몸과 무의식은 내 걸음을 멈추도록 내버려
두지 않았다.

"돌아가야 할까요?"

배고픔의 반복으로 가늠해 보니 이틀쯤 지난 듯했다. 쫓기듯
집을 나서는 바람에 에너지 바도 넉넉하게 챙기지 못했다. 그녀
는 이제 두려움에 휩싸인 듯했다. 나도 어떤 결정을 내리지도 못
한 채 망설였다. 돌아가야 할까? '궤도에서 시작해, 궤도로'의 삶
을 살아가면 되는 것일까. 답을 내리지도 못한 채 그녀와 나는
전선을 따라 앞으로 걸어 나갔다. 물 흐르는 소리만 귀에 차올랐
다. 어느 순간 그녀는 제자리에 주저앉았다. 나도 걸음을 멈추었
다. 내가 걸어온 길과 앞으로 나갈 길을 번갈아 바라보았다. 걸
어온 길은 꺾어져 그 너머의 길이 보이지 않았다. 앞으로 나갈
길도 굽이져 그 뒤가 보이지 않기는 마찬가지였다.

"돌아가요. 아무것도 없는 거 같아요. 우릴 추적하지 않는 게
끝에 아무것도 없어서인지도 모르겠어요."

나는 한 차례 더 구부러진 길 양 끝을 살폈다. 이미 지나온 길
은 어두웠고 나갈 길은 희미하지만 밝은 어둠이 느껴졌다. 나는
그녀에게 대꾸하지 않고 앞으로 걸어 나갔다. 그녀가 마지못해
나를 따라붙었다. 통로의 꺾어진 길을 돌자 맞은 편에 우리가 열

고 나온 검은 문과 비슷한 크기의 문이 입을 굳게 다물고 서 있었다. 꼬박 이틀을 걸었다. 전선은 그 문 안쪽으로 사라졌다. 저 문이 끝일까? 다시 제자리로 돌아온 거라면 순응하겠다는 허무함이 먼저 밀려들었다.

"여기가 끝인가요?"

나도 알 수가 없었다.

"문 열고 나가면 100단위 구역이 나올 것만 같아요. 그게 전부일 거 같아요."

그녀가 무릎에 얼굴을 박고 잠시 흐느꼈다. 나는 그녀를 뒤로 한 채 문 앞으로 걸어갔다. 다시 돌아가야 한다면 문을 열어보고 싶었다. 나는 문에 달라붙어 내가 쓸 수 있는 모든 힘을 쏟아부었다. 뼈를 짜내고 머릿속에 남아있는 기억들까지 모두 짜내서 힘에 보탰다. 아리도 힘을 보탰다.

"한 가지만 물어볼게요."

아리는 맞은 편에 서서 핸들을 잡으며 말했다.

"당신은 히로 씨가 죽은 게 아니라고 생각하고 있죠?"

나는 쉽게 대답할 수 없었다.

"당신이 대답하지 않아도 알겠어요. 나도 그렇게 생각하고 있으니까."

아리가 힘을 보태자 문이 미세하게 움직였다. 나와 아리는 전신에 머문 모든 힘을 핸들에 쏟아부었다. 그제야 핸들이 조금씩 움직이기 시작하더니 어느 지점에선가 맥없이 돌아갔다. 기다렸다는 듯, 무수히 많은 누군가가 드나들었다는 듯 열렸다.

"어쩌면……. 그동안 우리는 페달을 밟아왔고, 히로가 죽었다는 말을 듣고, 거리를 헤맸던 그 순간들이 망상이었을 지도 모르겠다는 생각이 드네요. 그러니까 우린 오히려 지금이 망상의 끝에 와 있는 건지도 몰라요."

나는 서서히 문을 밖으로 밀었다. 작고 먼지 같은 빛들이 삐죽한 틈 사이로 밀려들기 시작했다. 문이 열린 만큼 빛은 더 과감하게 지하의 세계로 밀고 들어왔다. 문이 활짝 열렸을 때 나와 아리는 동시에 숨이 막힐 듯한 탄성을 내질렀다. 우리가 본 건 거대하고 감당할 수 없는 빛이었다. 꿈에서도 보았던, 기억의 어느 구석에 포진해 있던, 전설로만 들어보았던 태양의 빛. 나는 눈이 부셔 차마 눈을 뜰 수 없었다. 아리도 돌아가겠다는 마음이 정리되었는지 내 곁에 서서 눈물을 훔쳤다. 빛은 내가 아는 빛들과 달라도 너무 달랐다. 먹구름에 배어있는 희미한 빛이 아니었으며 공용버스의 헤드라이트 불빛은 물론 궤도의 오버홀을 위해 궤도 전체를 비추는 서치라이트와도 비교할 성질의 빛이 아니었다. 어떤 빛도 눈앞에 널린 빛을 대신할 수 없었다. 존재하지 않을지도 모른다고 생각했던 빛이었다.

"진짜 다른 세상일까요?"

나는 문을 활짝 열었다. 거대한 문이 마지막에는 삐그덕거림 없이 거침없이 열렸다. 마치 무심한 듯, 어떤 인간이 자신을 열고 닫아도 관심이 없다는 듯 부드럽게 열렸다. 눈이 부셔서 눈을 제대로 뜰 수 없을 정도로 빛은 강렬했다. 따뜻한 빛이 손등 위로 쏟아졌다. 나는 손등에 내려앉은 빛을 한참 내려다보았다. 살에 닿은 빛은 도시의 빛처럼 죽은 빛이 아니었다. 살아 움직였다. 나의 숨소리와 맥박 소리는 물론 긴장이 실린 떨림에도 빛은 춤을 추었다. 세상은 멸망했다는 도시의 교과서는 거짓이었다. 빛은 사라졌고 사람들은 전멸했다는 말도 거짓이었다.

늙은이들이 말하는 태양은 하늘에 존재했다. 먹구름도 없었으며 후텁지근한 바람도 불지 않았다. 그녀와 내가 한 발을 문밖으로 내밀었다. 비 냄새나 비린내 따윈 나지 않았다. 대신 마른 풀 냄새가 풍겼다. 항상 축축하던 풀냄새와도 달랐다. 문밖으로 나간 후에 나는 놀라 입을 다물지 못했다. 그건 아리도 마찬가지였으며 우릴 뒤쫓았을 사람들이 보아도 마찬가지였으리란 생각이 들었다.

빛은 근육의 몸은 물론 기억 그리고 생각하는 힘까지 모두 희석시켜 버렸다. 도시의 끝은 가늠할 수가 있었다. 하지만 지금 눈앞의 세상은 끝이 보이지 않았다. 그동안 내가 익히고 배워왔던 지식이 죄다 무의미했다. 말할 수 없이 창피하다는 생각이 들었다. 내가 알고 있는 믿음과 지식과 관계가 세상의 전부라고 판단했던 시간들이 한심하다는 생각이 들었다.

나는 바닥에 주저앉았다. 너무 오래 걸은 때문이기도 했다. 그 순간 누군가 우리를 계속해서 쫓지 않았던 이유를 선명하게 깨달았다.

"어디로 가죠?"

나는 단 한 번도 본 적이 없는 빛의 아지랑이를 피어 올리는 지평선 쪽으로 눈길을 주었다. 언젠가 궤도백과사전에서 보았던 단어인 '지평선'이 감당할 수 없는 넓이와 길이와 크기로 펼쳐져 있었다. 궤도를 천년쯤 쉬지 않고 돌려 전기를 생산해낸다 해도 지금 세상을 덮고 있는 빛의 한 자락에도 미치지 못할 것이라는 생각이 들었다. 눈앞의 빛은 세상의 모든 걸 덮었다. 나와 아리는 물론 우리가 방금 빠져나온 문을 덮었고 길고 긴 지하와 지하의 끝에 펼쳐진 궤도의 도시까지도 덮어버렸으며 낮과 밤까지 덮어버리는 존재였다.

해를 보고 해바라기를 했다는 말, 비 구경하기 힘들다는 말, 먹구름 따윈 없다는 말, 바람 소리가 음악 소리 같았다는 말…… 실감 났다. 그리고 눈앞의 현재는 망각이 아니라는 사실을 보았다.

나는 백팩에서 물병을 꺼내 아리에게 건넸다.

"우리가 지금 꿈을 꾸고 있는 건 아니죠?"

"꿈은 기억의 산물이라고 해요. 그런데 이 풍경은 본 적이 없으니 꿈이라 말할 수도 없겠지."

아리는 물을 들이켰다. 그녀가 내게 물병을 다시 건넸다. 하지만 나는 물병만 든 채 빛의 끝이라 짐작되는 곳으로 시선을 둔 채 움직이지 않았다. 어쩌면 아리의 말대로 꿈을 꾸고 있는 게 아닐까? 이건 너무 비현실적이잖아. 정해진 틀 없이 흘러가는 능선들과 막막하게 펼쳐진 평원이 눈앞에 펼쳐져 있었다. 어떤 건물도 보이지 않았고 어떤 궤도 또한 나타나지 않았다. 사람의 그림자는 물론 짐승의 그림자 역시 보이지 않았다. 그런데 이 풍경이 현실적이어서 가슴이 아팠다. 통증은 한 가지의 기억을 더 끌어 올렸다. 잊지 말고 기억해달라는 말의 주인공. 나와 가까운 사이이며 그녀에게 어떤 행동을 한 것인지 모르겠지만 나는 요원들에게 붙잡혀 어디론가 갔다는 사실까지도 기억났다. 하지만 더는 떠오르지 않았다.

나는 어깨를 추스른 후 앞으로 걸음을 옮겼다. 이제 되돌아
간다는 건 불가능했다. 이미 태양의 빛을 보았기 때문이었다. 앞
에 펼쳐진 세상엔 사람들이 살았던 흔적이라곤 보이지 않았다.
저 평원을 지나가면 빛으로 가득한 도시가 펼쳐져 있을까? 장담
할 수도 없었고 믿을 수도 없었다. 하지만 빛 아래 서 있다는 것
만으로도 나는 충만했다.

"가봅시다. 여기 와서 한 가지 분명한 사실을 알았잖아요. 여
긴 빛이 있다는 거. 이 평원을 지나면 뭔가 있겠죠. 하다못해 빵
이라도. 그것도 아니면……."

그것도 아니면 달명이나 히로를 만날 수 있을지도 몰랐다.
아리에게 말하지 않았지만, 그녀도 내가 얼버무린 말 속에 숨긴
말들을 알고 있으리라고 생각했다. 아무런 목적 없이 어디론가
간다는 건 정말 끔찍한 일이었다. 눈에 보이지 않는 목적을 따라
길을 떠나는 건 사실 더 끔찍한 일인지도 몰랐다. 달명이나 히로
중 누구라도 만나기 위해 떠난 길이라는 게 나나 아리를 버티게
해주는 유일한 목적이자 위로가 될 터였다. 그리고 한 가지 분명
하게 깨달은 게 있었다. 달명이나 히로는 이 길을 건너갔을 것이
라는 점이다.

나는 태양 가득한 평원을 향해 앞으로 발을 내디뎠다. 햇빛의 감촉이 이토록 부드러운 줄 오늘에서야 처음 알았다. 뒤를 따라오던 아리가 걸음을 멈추었다.

"탁수 씨, 이거……."

뒤를 돌아보니 아리는 잠깐 쪼그려 앉았다가 뭔가를 주워들고 일어났다. 그녀가 내게 손에 쥔 것을 보여주었다. 그녀의 손바닥 안에 검은색 이어폰이 놓여있었다. 나는 주머니를 뒤져 히로의 이어폰 한 짝을 꺼냈다. 아리의 손 위에 있는 이어폰과 동일한 이어폰이었다. 그 이어폰은 마치 나와 아리가, 두 사람이 아니면 나라도 이 길을 따라올 것이라고 예상하고 남겨 놓은 이정표라는 생각이 들었다. 고개를 들고 태어나 한 번도 본 적이 없었던 하늘을 올려다보았다. 태양 빛이 내 눈을 찔러 눈을 감았다. 오래 눈을 감고 있다가 다시 떴을 때 지평선이라 짐작되는 그곳에 다이아몬드처럼 유독 반짝거리는 빛무리들이 모여있는 게 보였다. 눈으로 가늠이 되지만 걸어서 얼마를 가야 할지 알수 없었다. 하지만 빛의 무리가 보인다는 것만으로도 우리의 탈출은 명분이 충분했다.

"이제 어디로 가죠?"

아리가 물었다. 눈앞에 거무튀튀한 색감의 궤도가 보이지 않는 것만으로도 난 행복했다. 도시의 기억이라고 시작되는 그 시간부터 어제까지 난 단 하루도 궤도에 오르지 않은 날이 없었다. 그게 삶이고 운명이라 생각했다. 궤도의 페달에 발을 올릴 수 있는 게 다행이며 충분히 충만한 삶을 살아가고 있다고 믿었다. 그 지극하고 무한한 반복만이 생의 전부라 믿었다. 그 시간들이 빛 가득한 평원을 바라보는 순간 간단하게 깨지고 말았다. 내가 알던 세상이 전부가 아니었으며 궤도만 가득했던 세상은 세상의 극히 일부였다.

먼 하늘에 마침표 정도 크기의 점 하나가 나타나더니 점점 우리에게 다가왔다. 그 점은 새였다. 뭐라 이름 붙여진 새인지 알 순 없지만 새는 우리 머리 위를 선회한 후 빛무리가 모여있는 쪽으로 날아갔다. 우리가 올 줄 알았으니 따라오라는 뜻 같았다. 비상식적이고 충동적이지만 새가 정한 방향으로 가면 내가 알던 것과는 전혀 다른 세상이 우리를 반겨줄 거라 막연한 기대감이 들었다. 새를 따라가면 어쩌면 나의 진짜 부모도 만나고 히로와 달명도 만나게 될지도 모른다. 설령 그들을 만나지 못해도 상관은 없다. 내 기억 속에서 헤매는 진짜 나를 만날 수 있을 테니까.

"새를 따라가죠."

나는 아리의 대답을 듣지 않고 앞으로 발을 내디뎠다. 아리는 잠깐 주저하다 천천히 나를 따라왔다. 어디선가 휘파람 소리가 들려왔다. 지평선을 향해 날아가는 새의 울음 같기도 하고 궤도가 사고로 멈춰 섰을 때 길게 울리는 사이렌 소리 같기도 했다. 오늘 나는 내 인생에서 첫 번째 모험을 떠난다. 지하 통로를 걸어 지상으로 나올 때까지 나의 목적이 무엇이었는지 간파하지 못했는데 이젠 분명해졌다. 나는 빛을 찾기 위해 궤도의 도시를 떠나왔다는 것을.

Let It Be로부터

오래전, 집으로부터 먼 도시로 낡은 차를 끌고 취재를 갔던 일이 있었다. 총거리 50만 킬로미터를 넘게 운행한 차를 끌고 갔다. 지구 둘레를 열두 번쯤 달린 거리였다. 엑셀러레이터를 밟아도 차는 쉽게 속력이 붙지 않았다. 서글프게도 언덕길에서는 모든 차에 추월당했다. 자동차는 시동을 걸면 한참 후에나 몸을 떨었다. 덩달아 카 오디오에서 흘러나오는 음악도 제 박자를 잃고 덜덜거렸다. 〈Let It Be〉만의 무한 반복. 그래도 들을 만했는데, 〈Let It Be〉만 무한 반복되도록 녹음한 음반 USB가 카 오디오 데크에 꽂혀 있었다. 노래의 가사들이 한국의 가사들처럼 들릴 정도로 물리도록 들었다.

그날은 취재를 끝내고 지인을 만나기 위해 그가 알려준 길을 따라 언덕길을 넘고 있었다. 그날도 카 오디오에서는 〈Let It Be〉가 흘러나왔다. 한밤중이었다. 차가 언덕을 삼 분의 이쯤 올라갔을 때 차의 힘이 빠지더니 푸르르 몸을 떨었다. 아무리 엑셀러레이터를 밟아도 속도계가 올라가지 않았다. 급기야 엑셀러레이터를 밟아도 차는 더 이상 반응하지 않았고 핸들이 무거워졌다. 운행 중 시동이 꺼져버린 것이다. 언덕길이라 차는 뒤로 밀리기 시작했다. 다행히 브레이크는 파열된 게 아니라 후진을 하며 갓길 쪽으로 차를 붙여 세웠다. 그동안에도 오디오에서는 〈Let It Be〉가 끊이지 않고 흘러나왔다. 깜빡이를 켠 후 차에서 내려 보닛을 열어보니 연기가 무럭무럭 피어오르고 있었다. 그 순간 드디어 엔진이 사망했다는 걸 직감했다. 보험사에 견인을 요청하고 차에 앉아 〈Let It Be〉를 들으며 언덕의 좌측을 내려다보게 되었다. 먼저 눈에 들어올 건 노란 불빛들이었다. 그 불빛들이 허공에 떠 있는 듯한 느낌이 들어 차에서 내려 언덕을 내려다볼 수 있는 곳으로 걸어갔다. 그 실체를 확인한 후 나는 놀랐다.

그건 산업단지의 온갖 굴뚝과 건물 외벽에 붙은 할로겐 등이 불을 밝히고 있었던 것이다. 끝이 보이지 않을 정도로 멀리까지 불빛들의 행렬이 이어져 있었고 빛은 눈이 부실 정도로 밝았다.

불빛들의 섬 같았다. 그저 산업단지가 불을 밝힌 것에 지나지 않았지만, 그 순간 내게 그곳은 내가 알던 세상과는 동떨어진 이계(異界)의 세상이었다. 기계들로만 이루어진 혹은 불빛들로만 이루어진 어떤 세상. 그 불빛들 아래에 무수한 사람들이 그 불빛을 밝히기 위해 숨죽인 채 땀을 흘리고 있다는 상상으로 이어졌고 『그냥, 내버려 둬』가 만들어졌다.

군이 말하지 않아도 나라는 객체는 분명 나 자신에게만은 세상의 중심이겠지만 세상의 눈으로 본다면 나는 인간 세상의 한 부속품에 지나지 않으리란 생각이 들었다. 온전히 혼자만 산다면 그런 의문을 가질 필요도 없지만, 인간 누구나 결국 서로 관계를 맺고 살아가야 하기에 우린 구속에서부터 자유롭지 못하다는 점 역시 알면서도 애써 외면해 왔다는 사실도 깨달았다.

20분 남짓 불빛의 섬에 빠져 있는 사이 견인차가 도착했고 기사는 차를 너무 오래 끌고 다녔다고 말했다. 이 정도면 폐차를 해야 한다고 덧붙였다. 차는 결국 어디론가 끌려갔고 나는 사라지는 차의 뒤꽁무니만 오랫동안 바라보았다. 이 이야기는 그 순간의 경험들로부터 비롯되었다. 나를 태우고 50만 킬로를 달린 차가 내게 마지막으로 그런 말을 한 것 같았다.

'날 좀 그냥 내버려 둬!'

차를 보내고 집으로 돌아와 책상 앞에 앉아 생각해보니 〈Let It Be〉가 무한 반복이 되게 구워 놓았던 CD까지 보내버렸다는 걸 알게 되었다. 그 노래를 어디에선가 누군가가 듣고 있겠지. 그게 '히로'일 수도 아니면 '달명'일지도 모른다.

임진강과 한강이 만나는 파주에서
전민식

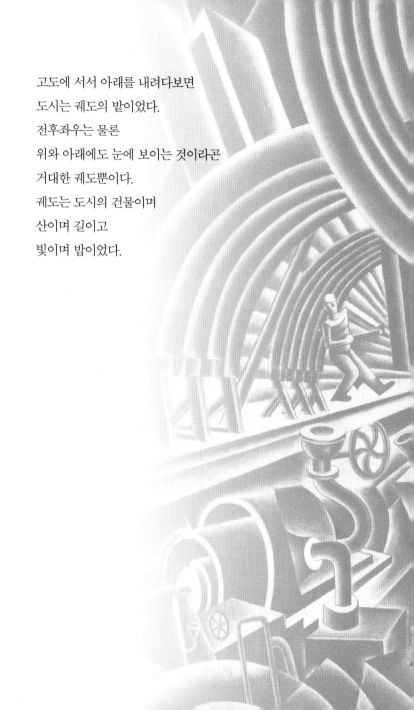

고도에 서서 아래를 내려다보면
도시는 궤도의 밭이었다.
전후좌우는 물론
위와 아래에도 눈에 보이는 것이라곤
거대한 궤도뿐이다.
궤도는 도시의 건물이며
산이며 길이고
빛이며 밥이었다.

그냥 내버려 둬

초판 1쇄 인쇄 2024년 4월 19일
초판 1쇄 발행 2024년 4월 25일

지은이 전민식
펴낸이 정해종
디자인 유혜현

펴낸곳 ㈜파람북
출판등록 2018년 4월 30일 제2018 - 000126호
주소 서울특별시 마포구 와우산로29가길 80(서교동) 4층
전자우편 info@parambook.co.kr
인스타그램 @param.book
페이스북 www.facebook.com/parambook/
네이버 포스트 m.post.naver.com/parambook
대표전화 02 - 2038 - 2633

ISBN 979-11-92964-92-8   03810
책값은 뒤표지에 있습니다.